Jara Amur
**Lisa & Leander**

# Lisa & Leander

Jara Amur

© 2025 Jara Amur
Verlag: BoD · Books on Demand GmbH,
In de Tarpen 42, 22848 Norderstedt,
bod@bod.de
Druck: Libri Plureos GmbH,
Friedensallee 273, 22763 Hamburg
ISBN: 978-3-7504-2056-4

## Lisa

Er war ihr auf den ersten Bite sympathisch.

Sein kurzer Kommentar hatte ihr aus dem Herzen gesprochen. Sie erkannte einen verwandten Geist, dort ratlos stehend, wo sie vor wenigen Wochen selbst stand, nicht das Offensichtlichste erkennend.

Weil ihr sein Gesicht und Profil gefiel, machte sie sich die Mühe und antwortete. Sie erklärte in wenigen Worten den Schlag, mit dem sie damals diesen gordischen Knoten für sich zerschlagen konnte, und machte sich ein Brot.

Zu der Zeit hatte sie schon längst aufgehört, sich um die Flut von „Hey Babe, ficken?"-Nachrichten zu kümmern, die sie anfangs noch hoffnungsvoll und später immer frustrierter einmal in der Woche für eine geschlagene Stunde ihrer Lebenszeit aus sortierte. 99,9 % waren auf dieser Plattform, eigentlich überall, Ausschuss für sie.

Entweder war er nicht vor Ort, zu alt, zu jung, zu muskulös, zu dick, zu selbstverliebt, zu ängstlich, zu normal, zu pervers, oder er entpuppte sich halt als einer dieser unaufgeforderten Dickpic-Schleudern.

Sie hatte eigentlich nur einmal in ihrem Leben ein Foto eines Penis gemocht. Eine professionelle Studioaufnahme eines schwulen Food-Fotografen aus New York. Aber der konnte auch ein rohes Huhn sexy in Szene setzen. Genitalien generell findet sie nicht schön, sondern bloß sehr sehr geil.

Also stöberte sie außerhalb ihres Postfachs herum und machte, wenn ihr wer gefiel, lieber selbst den ersten Schritt. Das war viel effektiver. Viel weniger Beifang! Wohl aber die Gefahr der Abfuhr. Aber wer mit ihr ein Problem hatte, war nicht ihr Problem.

Sie hatte sich vor einem Jahr einvernehmlich von ihrem Mann getrennt. Sie hatten beide erkannt, dass ihre ständigen, zum Teil lauten, Streitereien den Kindern nicht guttaten. Vieles war der finanziell angespannten Lage zu verdanken. Sie waren damals zusammen selbstständig und so geriet neben Agentur und Kinder ihre Existenz als Pärchen in den Hintergrund.

Abends fielen sie beide erschöpft ins Bett und an das letzte Candle-Light-Dinner konnte sie sich auch kaum noch erinnern. Sex hatten sie eigentlich gar keinen mehr. Sie haben ihre Beziehung, ihre Liebhaberschaft, ihre Lust aneinander verdorren lassen.

Dabei war ihr der Sex tatsächlich so wichtig wie Wasser. Ohne konnte sie nicht lange überleben merkte sie bald. Sie wurde immer frustrierter mit allem und jedem im Leben und erkannte sich, ihr von Natur aus fröhliches, verspieltes und leichtes Ich, gar nicht mehr wieder  wenn sie in den Spiegel schaute. Nein, so wollte sie nicht werden! Sie musste 1. mal wieder leidenschaftlichen und aufregenden Sex erleben, und 2. dafür sich von Versprechungen befreien die sie, einmal gegeben und nicht heimlich brechen wollte. Nein, sie wollte ihn nicht hintergehen, das hatte er und sie nicht verdient. Sie waren über 20 Jahre ein Paar und sind auch heute noch einander die Personen der sie auf der Welt am meisten vertrauen. Beste Freunde. Aber Sex? Nein.

Also nahm sie sich eines Tages ein Herz und sagte sich nicht nur  von ihrem Monogamieversprechen bei ihm los. Das schien damals die beste Lösung. Clear cut. Um fair zu sein, auch wenn es im Moment weh tut. Sie zog mit den Kindern in die Stadt. Die Kinder sind noch oft bei ihm weil sie dort noch alte Freunde haben. So hatte sie zum Glück mehr Abende Zeit als die durchschnittliche Alleinerziehende. Das wollte sie auch ausnutzen.

Sie meldete sich bei dieser Dating-App an und begab mit ausgehungertem und feuchtem Schritt allabendlich auf die virtuelle Pirsch. Am Anfang nahm sie alles. Wollte sich nicht von ihrem verwöhnten Anspruch den Fick verderben lassen. Wie eine ausgehungerte Wildkatze verleibte sie sich jeden Schwanz der ihr angeboten wurde ein. Und es wimmelte von Steifen Schwänzen, gierig darauf in sie zu stoßen, würde sie sie nur endlich mal ran lassen. Diese Aufmerksamkeit allein, war es schon wert ein Profil anzulegen, wenn Frau sich mal unfuckable fühlt, kann sich das damit ganz schnell ändern. Wie beim hungrigen Einkaufen verdarb sie sich schnell den Magen und fühlte sich vom vielen, schnellen und unverbindlichen Sex geradezu körperlich übel. Auch

3

wenn sie sich in ihrer Fantasie gerne benutzen lässt, waren ihr diese einmaligen Fuck and Go's zu wenig. Nicht dass die Typen sich nicht um einen Nachschlag bemüht hätten, aber die meisten hielten ihr Interesse nicht länger als ein durchschnittlicher Ständer. Sie brauchte etwas Festes, stellte sie eines Abends fest. Und damit meinte sie ausnahmsweise etwas Regelmäßiges, mit jemandem den sie wirklich als Menschen sympathisch findet. Beides am besten.

Sie hatte experimentiert. Verschiedene Frösche und vieles anderes geküsst, hatte aber nicht wirklich gezielt ihre Fantasien verfolgen können. So mit Plan und festem Wingman. Also datete sie seit einiger Zeit kaum noch mit dem Fokus auf schnellen Sex. Es musste passen, sonst verschwendete sie keine Minute mehr. Bei ganz, ganz heißen Männerkörpern schlug sie mitunter doch mal zu. Vor allem in den rolligen Tagen vor ihren Tagen. Aber nie ohne die Vorwarnung zu geben: „Na gut, Süßer, das wird mit uns nichts, das hab ich im Gefühl. Also rate ich dir jedes meiner Löcher heute Abend ausgiebig zu nutzen, denn eine zweite Chance gibt es für dich leider nicht." Lutigerweise waren diese Abende gar nicht mal die schlechtesten. Sie fühlte sich dann wie ein gründlich abgeleckter Teller einer Henkersmalzeit.

Aber sonst gab sie ihnen meistens ein Getränk lang Zeit sie zu bezaubern. Darum war sie auch wieder häufiger Abends auf dem Sofa und feilte mit dem Kopf in den Wolken und den Fingern zwischen ihren Beinen an ihren Fantasien.

## Leander

Ihre erste Nachricht war ein kurzer, pointierter und ungemein erhellender Kommentar zu einem seiner Beiträge in einem Forum. Er musste laut auflachen, als ihr Gedankengang in sein Weltbild schnappte wie ein passender Tetris-Stein, gleich mehrere Problemschichten seiner Realität in einem Strich eliminierend. Er hatte sich eigentlich nur eingeloggt, um zu sehen, wie lange noch sein Vertrag lief, denn genau so viel Zeit gab er dem ganzen Irrsinn hier noch. Seine Online-Dating-Odyssee auf diesem Erotikportal bisher bestand aus dem Sichten von zahllosen Bildern zahlloser Frauen und zahllosen Teilen ihres Körpers. Klar schaute er sich auch gerne gut fotografierte Frauenkörper an, vor allem von den Hobby-Fotografen, die sich mit ihm hier um den wenigen Laich tummeln. Die hatten zumindest was Brauchbares den Damen anzubieten. Frauen werden oft als „Damen" auf solchen Sex-Date-Plattformen, in Swingerclubs und Bordellen bezeichnet, um den „Tabubruch" und das damit verbundene Absinken im Sozialstatus einer aktiven weiblichen Sexualität in einer noch immer zutiefst religiös verknöcherten, patriarchalen Gesellschaft zu kompensieren.

Allzu perfekte Bilder verunsicherten ihn jedoch. Wie könnte er es wagen, sich so einer zuzumuten? Frauen, die nur Fotos von ihren Brüsten und Popos im Profil zeigten, waren für ihn, je nach Aufnahmequalität, entweder ganz nett anzusehen oder geradezu abstoßend. Manche „Tittpics" standen den viel beschriebenen „Dickpics" in Nichts nach, vermutete er. Ansprechen konnte er Sie jedenfalls so nicht. Er hatte das Gefühl, in einen Ausschnitt oder zwischen gespreizte Beine zu sprechen, und nicht, wie er es gelernt hatte, frontal in den mittleren Kopfbereich. Außerdem suggerierte es, dass er in erster Linie an ihrem Körper interessiert war. Was er als teilweise zutreffend, aber auch als unzulässig verkürzt empfand. Wie sehr er sich auch bemühte eine persönliche Ansprache zu verfassen, wenn er den Text von weitem durch zugekniffene Augen betrachtete, stand da auch nur, wenn auch umständlicher formuliert, „Hey, Babe, ficken?!".

Es war schwer, denn die geringere Tabuisierung männlicher Geilheit führt zu einer derartigen Marktschwemme, dass sie jeglichen Wert verloren hat und, ganz wie Mikroplastik, inzwischen in allem zu vermuten ist.

Der Hauptteil der Gesichter war verpixelt, und wenn nicht, dann unglücklich getroffen. Starre Bilder halfen ihm sowieso nicht. Mimik ist Bewegung. Ein GIF eines Lächelns hätte ihm so manche Frau nähergebracht, war er überzeugt.

Die Profiltexte, die er tatsächlich gelesen hatte, beinhalteten häufig eine erschreckende Reise in die Abgründe männlichen Fehlverhaltens. Meist in Form von mehr oder weniger gut kaschierten Listen, gefolgt von einer Beschreibung einer Persönlichkeit, die einem Katalog oder Roman zu entstiegen schien. Oft sich wiederholende Attribute halfen ihm auch nicht, nach einer Zeit die Profiltexte in seinem Kopf klar den Bildern zuzuordnen. Mit der Zeit entstanden in seinem Kopf Metafrauen, zusammenerinnert aus ganz verschiedenen Profilen.

Was soll man da schreiben? „Hallo Brustbild 75, ich bin groß, humorvoll und habe Haare auf dem Kopf, ach, ich wasche mich auch vorher."

Für ihn war das alles absurd. Irgendwie wird das Pferd doch von hinten aufgezäumt, dachte er. Sympathie, geschweige denn körperliches Verlangen, kann doch erst entstehen, wenn man sich riechen, buchstäblich, erst wenn man physikalisch Pheromone austauschen kann, also sich IRL trifft. Was normalerweise weit vor allem anderen kommt. Also, in der alten Welt. Pheromone – Sympathie – und dann erst übers Ficken reden. „Hallo, ich bin Chantal. Ich mag es, wenn man mich in Fesseln legt und mich beleidigt, während man mich so richtig hart von vorne und hinten mit big dics fickt. Und wie heißt du? " Für ihn war das alles sehr erhellend und in einer Art heilsam, denn nirgends öffneten sich Frauen zu ihrer Sexualität und Fantasien so ehrlich wie hier.

Er ist mit dem Bild von zärtlicher Sexualität, als das Äußerste, was Frauen sich von Männern gefallen lassen, aufgewachsen. Alles, was in Pornos den Frauen angetan wurde, musste demnach eine rein männliche, frauenverachtende Fantasie bedienen. Den dargestellten Genuss der Darstellerin sprach er rein der Gage zu.

Aber dass auch Frauen gerne mal einvernehmlich am Schopf gepackt, von einem übermächtigen Mann in

Position gedrückt und genommen werden wollen, war ihm tatsächlich neu. Er fühlte sich auch ein wenig betrogen. Mit der Erkenntnis, dass Frauen genau so notgeil sein können wie Männer, es aber einfach nicht so zeigen dürfen, wäre er in der Jugend vielleicht anders auf sie zugegangen, als immer von einer Belästigung auszugehen, wenn er eine ansprechen wollte.

Er hatte „nehmen" immer als Objektifizierungsakt verstanden, nicht als die bloße Konsequenz und den ultimativen Beleg seiner Begierde im Liebesspiel.

Hier lesen zu können, dass seinem heimlichen Wunsch, eine Frau einfach herzunehmen, ihren Körper zu besitzen und ihm mit seiner Lust Ekstase anzutun, auch ein Wunsch gegenüber steht, hergenommen zu werden und alle Kontrolle abzugeben, war eine heilsame Erfahrung. Es ließ alles wieder logisch erscheinen. Blendet man mal die kulturellen Störungen und Verzerrungen in der Wahrnehmung unserer Triebe aus, ergibt sich dahinter plötzlich ein harmonisches Bild.

Das hier war jedenfalls nicht der Weg für ihn Frauen kennen zu lernen! Noch eine letzte Antwort von ihm hier, dann war's das für ihn.

## Lisa

„Danke! Ich mag Dich. Du magst mich. Wir sind hier fertig! Lass uns bitte jetzt treffen!"

Las sie Leanders Mail mit dem Reflex von „Also, so einfach bin ich nicht zu haben". Aber letztendlich war es wortwörtlich, was sie selber fühlte. Sein Profil hatte zwar einen leicht verbitterten Zug, aber, so schien es ihr, das zielte nur auf den Online-Prozess, nicht auf Sex generell ab. Ihr ging es da nicht anders. Seine Bilder gefielen ihr. Ein Gesichtsbild und eins mit seiner Statur auf einem Steg an einem ruhigen See. Seine nächste Nachricht war sein aktueller Google-Standort. An der Rheinpromenade, ganze 500 Meter entfernt von dort, wo sie gerade am PC verlotterte. Sie hatte schon auf seinem Profil gesehen, dass er in ihrem Viertel lebte, aber das war mal echt spontan und zielstrebig. Sie mochte das. „1h?" Textete sie ihm. „Ich bin hier und gehe nicht wieder weg ohne dich, lass dir ruhig Zeit!", war seine prompte Antwort. Sie sprang schnell unter die Dusche und ließ am Ende den harten Strahl sie mehrmals kurz vor den Orgasmus tragen. Sie nannte es „inneres Make-up". Nichts sieht mehr aus wie ein erregter Körper als ein erregter Körper, hatte sie eines Tages mal verstanden. Schminke suggeriert auch nur einen erregten Körper. Gut durchblutete Lippen und Wangen sowie weite Augen. Das kann sie auch netter haben. Seitdem sie diesen Trick entdeckt hatte, benutzte sie ihn oft auch als Geheimwaffe in ihrem Beruf als freie Unterhändlerin. Auf dem Weg zu einer besonders schwierigen Firmenfusion zum

Beispiel, bleibt sie kurz im Auto sitzen, öffnet ihre Beine und reibt sich mit zwei Fingern die Perle, bis sie fast kommt. Sie wartet kurz und wiederholt den Prozess noch ein paar Mal. Sie nennt es »Aufladen«. Ohne gekommen zu sein, streckt sie schließlich ihren bebenden Körper, streicht ihren Rock glatt und trocknet ihre feuchten Finger an ihrem Nacken. Um dann mit pochender Vulva, rot glühenden Wangen, gut durchbluteten Lippen und vor Erregung geweiteten Augen den Saal voller alter Herren mit ihren weiblichen Pheromonen zu übernehmen. „Resistence is futile!" Die Armen verstehen nie, was mit ihnen passiert, unterschreiben am Ende aber alles gerne. Nicht, dass ihre sachlichen Argumente je Hilfe nötig hätten, aber es war deutlich einfacher so, vor allem wenn es nicht um sachliche, sondern hierarchische Problem ging. Sie warf sich in Jeans und T-Shirt und ging los. Nach den Jahren hatte sie sich einen Low-Effort-Approach fürs erste Treffen angewöhnt, um danach nicht ganz so frustriert zu sein, wenns mal wieder nicht gepasst hat oder der Feigling gar nicht erst kommt. Wem das wichtig wäre, wäre eh nichts für sie. Laut Google Maps stand er jetzt mitten im Rhein, das konnte doch gar nicht sein. Als sie dann doch einen einzelnen Mann draußen auf einem dieser steinernen Ausleger erkannte, der dem Profil in Körpergröße und Statur in etwa entsprach. Das war zumindest schon mal eine Hürde, an der sie erstaunlich viele schon scheitern sah. Sie arbeitete sich durch die stark mit Büschen bewucherten ersten Meter auf die Aufschüttung. Als sie so einige Meter hinter ihm war, bemerkte sie, dass er sie noch immer nicht wahrgenommen hatte und weiter gedankenverloren auf das dahin strömende Wasser blickte. Sie schaute sich seinen Körper in Ruhe an, seine breiten Schultern und die schmale Hüfte mit einem regelrechten Knackarsch waren nett. Seine starken Hände aber haben ihr besonders gefallen. Sie fragte sich, ob das hier überhaupt noch als „sicherer, öffentlicher Treffpunkt" in ihrer Mordakte vermerkt werden würde, da man sie vom Ufer nicht unbedingt sehen konnten. Sie atmete ruhig ein und sprach ihn von hinten an: „Entschuldigung!" Hallo, heißt Du zufällig „Come2Play?"? Als er sich umdrehte und sich ihre Blicke trafen, war da ein Gefühl von sofortigem, tiefem Vertrauen, wie sie es nur von ihrer allerbesten Freundin oder ihrem Bruder kannte. Als ob sich zwei alte Seelen nach Äonen wieder träfen. Sie wollte ihm am liebsten direkt in die Arme fallen und ihn innig küssen, mindestens bis die Sonne unterginge. Einfach mal all diese blöden Spielchen des „Prüfe-ewig-wer-sich-bindet" überspringen und mal nur ihren Körper sprechen lassen. „Haben unsere Pheromone eigentlich nicht schon längst „Ja", gesagt?", dachte Sie bei sich. „Nein", sagte er.


Leander

Als er an ihrem wunderschön entgleisenden Gesicht sah, was er gerade angerichtet hatte, setzte er schnell hinzu: „Ich heiße Leander, entschuldige, ich hab jetzt echt nicht geschaltet, ja klar." „Come2Play" ist mein Profilname, sorry. Ich habe Dich erst in einer Viertelstunde erwartet oder so, sonst stände ich bestimmt nicht so creepy hier draußen herum. „Ich glaube nicht, dass das hier noch als sicherer, öffentlicher Treffpunkt in Deiner Mordakte vermerkt werden würde." Lachte er mit besorgtem Blick. Er hätte jetzt durchaus verstanden, wenn sie hier draußen auf seinen grenzdebilen Humor spontan eine Ladung Bärspray ausgab. Plötzlich sah er mit absolutem Horror, wie sie in einer antrainierten Bewegung blitzschnell in ihre Handtasche griff und ihm dicht ins Gesicht ihr Smartphone hielt, und Zischlaute und mittel leise Frauenschreie imitierte. „Hilfe, ein Lüstling!" „Dein Gesicht!" „Einfach göttlich!" Jaulte sie auf und beide mussten sich letztendlich vor Lachen auf die Knie fallen lassen, um überhaupt noch Luft zu bekommen (man muss wohl dabei gewesen sein). Als er ihren Blick wieder einfing und sich beide wieder Zeit gaben, einander zu erkennen, breitete sich eine Ruhe in ihm aus, als würde sein Blick in ihren fallen wie ein Puzzleteil in sein Gegenstück. So eingetaucht in ihre Pupillen hätte er noch ewig sitzen können. „Mein Gott, bist Du schön!", entfuhr es ihm schließlich erstaunt. Er ärgerte sich direkt über diese Plattitüde, denn er meinte nicht bloß ihr offensichtlich attraktives Äußere, sondern das, was er tief in ihren Augen gesehen hatte. „Schön" war da ein viel zu kleines Wort für. Jegliche Hoffnung jedoch, das adäquat zu verbalisieren, blies er, so weise wie er manchmal sein konnte, direkt in den Wind. „Nein, ich meine, nicht wirklich schön jetzt, sondern … Um Gottes willen!", dachte er. „Und wie heißt Du?", fragte er lieber. Instinktiv ergriffen sie beim Aufstehen gleichzeitig ihre Hände, um sich einander hochzuziehen. Nicht ahnend, dass er ihre Linke und sie seine Rechte erst weit nach Sonnenaufgang wieder loslassen würden. „Lisa", sagte sie. „Lisa und Leander", probierten sie beide gleichzeitig aus und mussten lächeln. Sie spazierten die ganze warme Sommernacht hindurch, Hand in Hand, Hirn in Hirn, abwechselnd in leidenschaftlich inspirierenden Gesprächen, Flachwitz-Wettkämpfen oder Kindheitsgeheimnissen vertieft. Er konnte mit ihr absolut unbefangen sein. Nicht wie bei den wenigen Dating-Katastrophen vorher. Wo er immer das Gefühl hatte, dass die beiderseitig implizit ausgedrückte Kopulationsabsicht ein offenes Kennenlernen unmöglich machte. So blöde es klang, zwischen ihnen war nicht wirklich etwas vordergründig Sexuelles, obwohl ihr kleiner sportlicher Körper ihn sehr anmachte. Eher, und das klang sogar noch blöder – etwas zutiefst partnerschaftliches, freundschaftliches. Nicht verbunden durch Besitzanspruch, sondern durch einen gemeinsamen Weg. Nachdem sie ausgiebig das Für und Wider einer temporären Trennung ihrer Handflächen beleuchtet hatten, die gesamtgesellschaftlichen Implikationen sowie die mögliche Anwendbarkeit internationaler Menschenrechte in ihrem besonderen Fall geprüft hatten, formulierten sie zusammen eine lodernde Verteidigungsrede ihrer besonderen Partnerschaft vor einem imaginären Tribunal. Dabei definierten sie

gemeinsam ihre Beziehung so spielerisch, dass Paar-
Therapeuten feuchte Augen bekommen hätten. Aber
alle legalen Schlupflöcher halfen ihnen nichts, sie
mussten irgendwann zurück in ihr Leben. Sie
kauften noch gemeinsam die ersten Brötchen des
Tages für ihre Kinder, tauschten Nummern aus und
umarmten sich endlich. Nur so lange, dass ihre
Körper sicher waren, wo sie beim nächsten Mal
unbedingt weitermachen wollten.

## Lisa

Auf dem Weg nach Hause spürte sie noch lange seine
Umarmung an ihrem Körper. „Verdammt, wie gut
der roch!" Seine blauen, selbstsicheren Augen
blickten Ihr noch immer liebevoll in Ihre
offengelegte Seele.

Mit jedem Date ist man ja teilweise eine andere
Person. Und sie stellte fest, dass sie sich gerade
selbst liebte, wie schon lange nicht mehr.

Sie trafen sich direkt am nächsten Abend wieder. Als
ihre Kinder vom Vater abgeholt worden, ging sie
sofort zu ihm. Seine beiden lebten hauptsächlich bei
seiner Exfrau und es stellte sich heraus, er wohnten
fast in ihrem Block. Er hatte gekocht und eine
Flasche Rotwein geöffnet. Sein kleines Apartment
nannte sie aufgeräumt, manche hätten es puristisch
genannt, ihre Mutter hätte „Leer" dazu gesagt. Aber
da ihr Kopf schon bunt genug war, schätzte sie diese
visuelle Ruhe sehr. Sie fühlte sich direkt wie in einem

Parallelzuhause. Sie redeten wieder den ganzen Abend und stellten dabei so viele Parallelen in ihrem Leben fest, dass sie manchmal gleichzeitig Gänsehaut hatten. Aber hauptsächlich lachten sie viel und laut. Als sie bei einem unbedachten Blick auf die Uhr feststellte, dass es schon bald wieder dämmerte, entschloss sie sich schweren Herzens, Zuhause noch ein paar Stündchen Schlaf zu erhaschen. Er brachte sie noch zur Tür und half ihr in ihre kurze Jacke. Aber bevor sie noch die Tür öffnen konnte, passierte es. Ihre Brustwarze strich einen halben Augenblick über Leanders Handrücken. Sie musste machtlos mit ansehen, wie ihr Körper, entzündet an der Kontaktfläche, über seinen herfiel und seiner über ihren. Sie küssten sich so innig, dass ihre Zungen den leidenschaftlichsten Salsa der Welt tanzten. Sie wurde von seinem Drang an die Wand gepresst, und während er sie tief küsste, begannen sie abwechselnd die Knöpfe ihrer Bluse zu öffnen. Er ergriff ihre freigelegten Brüste mit beiden Händen und neckte mit seiner Zunge ihre erregten Nippel, nahm sie dann ganz in seinen warmen Mund und tanzte mit jeder eine weitere Runde Bachata. In dem Moment war sie nur Brust. Jeder Druck und jede Bewegung seiner Zunge füllte ihre gesamte Wahrnehmung. Sie wurde umgedreht, sodass sie seinen harten Ständer an ihren Po gepresst spürte. „Komm, ich will Dir noch etwas zeigen." Er fing an, mit kreisenden Bewegungen der Hüfte sie zurück zu seiner Couch zu tanzen. Dort angekommen, drehte sie sich aber geschickt herum und ließ ihn alleine auf die Polster fallen. Sie sprang rittlings auf seinen

Schoß und rieb seine beachtliche Latte mit ihrer Hand durch den Hosenstoff. Sie war erleichtert, dass er was Ordentliches in der Hose hatte. Es war ihr nicht wirklich wichtig, aber das Auge isst ja schließlich auch mit. Außerdem: Bei dem, was Sie in Zukunft mit ihm alles ausprobieren wollte, war ein vorzeigbarer Ständer bestimmt von Vorteil. Ein Mann mit gesundem BDA (Big-Dick-Attitute) hat jedenfalls noch nie geschadet. Sie öffnete die Knöpfe seiner Anzughose und half einem schönen, großen und geraden Ständer ans Licht. Sie lachte kurz über sich, als sie sich dabei ertappte, tatsächlich ein Foto machen zu wollen. Stattdessen nahm sie ihn so weit in ihren Mund, dass seine Eichel tief in ihrem Hals verschwand.

Früher hatte sie sehr viele Pornos geschaut, was ihre sexuelle Entwicklung bestimmt beeinflusst hatte. Eine Zeit lang träumte sie davon, selbst Pornostar zu werden. Das hielt aber nicht sehr lange an und sie war glücklich in der Zeit keinem „Agenten" in die Hände geraten zu sein. Sie hätte sich bestimmt in einem Teenporn Schinken gut verkauft. Jedenfalls hatte sie eines Tages einfach angefangen, sich mithilfe ihrer Finger Stück für Stück beizubringen, ihren Würgereflex anzunehmen, wenn sie das wollte. Während sie sich beim Glotzen mit der einen Hand zwischen den Beinen befriedigte, streichelte sie mit der anderen immer wieder ihre herausgestreckte Zunge, als würden die Schwänze auf dem Bildschirm ihr selbst in den Mund fahren. Sie fing an der Zungenspitze an und arbeitete sich mit der Zeit tiefer in den Hals. Nach wenigen Wochen konnte sie sich selbst bis ans Ende ihrer Zunge und tief in den Hals streicheln, ohne überhaupt einen Reflex zu aktivieren. Er war schon da aber sie hatte gelernt ihn anzunehmen, so konnte sie ihn in Ruhe wahrnehmen ohne körperlich darauf reagieren zu müssen. Sie genoss dieses Spiel mit den Grenzen ihres Körpers.

Außerdem war sie eigentlich immer rattig. So verbrachte sie viel Zeit mit ihren beiden Händen, vertieft im eigenen Körper, sich von imaginären Schwänzen in alle Löcher ficken zu lassen. Natürlich war sie kein mystisches Deep-Throat-Wesen mit Kitzler im Hals, aber die Vorstellung, sie würde so noch mehr Männer gleichzeitig verrückt machen können, gab dem dehnenden Gefühl in ihrem Hals eine positive Bedeutung. Die Vorstellung, dass drei Männer gleichzeitig in sie eindringen, war geiler als jeder verblasste Würgereiz. Dieser Trick hatte ihr schon ein paar total abhängige Exfreunde eingebracht. Sogar einmal einen Interkontinentalflug.

Leander

Als er seine gespannte Eichel auf ihrer ausgestreckte Zunge liegen sah und sie ihn sich jetzt langsam in den Hals gleiten ließ, ohne zu stoppen, bis ihre Lippen seine Eier berührten und ihre Zungenspitz an ihnen spielte, wusste er genau: Er war jetzt tot, und es gab doch einen Himmel.

Mit Bewegungen der hinteren Zunge melkte sie geradezu seine Eichel tief in ihrem Hals. Das hatte er noch nie erlebt. „Ich zeige Dir mal was Cooles", hörte er sie sagen als sie ihn sich kurz wieder aus dem Hals zog und seine Hände auf ihren Kopf legte. „Du kannst mir ganz tief in den Hals ficken, so tief du magst!" „Ich habe mir das Gewürge schon mit 18 abtrainiert", sagte sie. Stolz wie auf einen guten Yoyo-Trick streckte sie ihm ihre Zunge einladend entgegen, schaute ihm tief in die Augen und legte ihre Arme in den Rücken, ganz so, wie sie es so oft in ihren Filmchen gesehen hatte. Einerseits weil er sie nicht entäuschen wollte, und andererseits weil er kein kompletter Vollidiot war, legte er seine geschwollene Eichel zurück auf ihre Zunge. Sie führte seine Hände wieder auf ihren Kopf und sagte in einer spielerisch ironischen Pornoart, „Fick mich bitte hart und tief in meine Maulfotze!", und schaute ihm dabei mit flehenden Brauen tief in die Augen. Umgriff dann seinen Sack, um sich daran, seine Schwanz mehrmals selbst tief in ihren offensichtlich unendlichen Rachen zu führen, als er sich nicht sofort traute. „Cool, ne?" Sex, so schien ihm, war für Sie tatsächlich nur ein Spiel, das man mit dem Körper spielte. Diese Unbeschwertheit, dieses ganz und gar ungeizige, sich nicht aufsparende Genießen des eigenen Körpers und dessen Wirkung auf andere, war so unglaublich sexy.

Nun packte er sie am Hinterkopf und stieß tief, aber vorsichtig, zwischen ihre geöffneten Lippen. Sie bedeute ihm, das Tempo zu erhöhen und noch etwas tiefer zu stoßen. Jedes Mal, wenn er ganz tief in ihr steckte, hielt sie ihn an seinen harten Pobacken fest und massierte seine Eichel mit gezielten Bewegungen und langen Strichen ihrer gesamten Zunge. Nur zum Luftholen und Lachen wurde er kurz entlassen. Er war sich sicher, dass er träumen musste.

## Lisa

„Na, der macht es wohl nicht mehr lange, was?" neckte sie seine wild zuckende Rute, an der ihr Speichel glänzend herabtropfte. Sie leckte mit der Zungenspitze einmal um seine pochende Eichel und schaute ihn mitleidig an. „Ohhh!", sagte sie.

„Vielleicht wartest Du wirklich lieber ein paar Minuten." hörte sie Leander vorschlagen. Seine aufs bersten geschwollene Eichel in ihrer Hand widersprach ihm aber. „Na klar", sagte sie, und glitt mit ihrem Mund wieder weit seine zuckende Stange herab. Noch zwei, drei Striche an seiner verborgenen Eichel und seine Gesäßmuskeln in ihren Händen fingen an unkontrolliert zu zucken. Laut stöhnend entlud er sich schließlich in einer heißen Explosion in ihren Hals. Sie saugte noch genüsslich jeden Tropfen aus ihm heraus, leckte sich die Lippen und gab ihm dann einen langen, leidenschaftlichen und bestimmt leicht salzigen Kuss.

Sie freute sich, dass Leander keine Hemmung hatte sie zu küssen, obwohl ihr Mund frisch mit seinem

Sperma ausgekleidet war. Sie fand Körperflüssigkeiten der Lust überhaupt nie ekelig, weder die ihres Sexpartners noch ihre eigenen Säfte. So schlecht schmeckt Sperma ja auch gar nicht, ein bisschen salzig aber vor allem schmeckt es für sie nach begehrt sein. Wenn ein Mann in oder auf sie kommt, empfindet sie es als ultimatives Kompliment und ist stolz Ziel seines vergeblichen Fortpflanzungsversuchs zu sein. Sperma war ihr wie eine Trophäe ihrer Geilheit. Sie liebte es, damit zu spielen. Sie empfand es als besonders sexy, wenn den Frauen in ihren Pornos der Saft vom Kinn auf ihre Brustwarzen tropfte. Wenn sie es nicht schlucken kann, dann verteilt sie es am liebsten auf ihrer Haut. Sie mag das Gefühl, wenn es anfängt, zu trocknen. Dann fühlt sie sich so schön versaut und sexy.

Mit einem Ruck stand sie auf, zog sich an und verließ wortlos, bis über beide Ohren schmunzelnd, und entgegen seinem lächerlich schwachen Protest, einfach seine Wohnung. Krasser Powermove, Gurl! Schmunzelte sie, als sie die Tür ins Schloss zog.

Auf dem Heimweg traf sie ein Gedanke, wie böswillig von der anderen Straßenseite an den Kopf geworfen: „Mein Gott, was mag der jetzt von mir denken?" „Du bist doch die totale Schlampe!", hörte sie die brennende Stimme in ihrem Kopf hetzen.

Der Gedanke entsprang aber nicht ihrem eigenen Gefühl, sondern einer Indoktrinierung, der sie sich von klein auf ausgesetzt sah. Weibliche Sexualität hat passiv zu sein!

Sie kickte den Gedanken in den Rinnstein, in den er gehörte, und fühlte nach, was sie wirklich empfand.

Sie fühlte sich in allererster Linie durch und durch „sexy". Als wäre sie die einzige Frau auf der Welt, die es lohnt, umworben zu werden. Ihre Schritte wurden direkt katzengleicher.

Und Stolz, viel Stolz war auch dabei, dass sie im Stande war, einem anderen Menschen einem anderen Nervensystem so vernichtendes Glück zu bereiten, seine Augen so zum Leuchten zu bringen. Das empfand sie als sehr stärkend für ihr Ego. Diese ungläubige Bewunderung in seinem lächelnden Gesicht, als sie ihn, zu Grunde erschöpft und ausgesaugt, auf seinem weißen Sofa zurückließ, war ihr erotisches Manna.

Obwohl sie alles, was sie eben getan hat, schon tausendmal innerlich durchgespielt hatte, konnte sie sich bisher noch nie in echt bei jemandem derart spielerisch gehen lassen wie bei ihm. Als müsste sie niemals sein Urteil fürchten, konnte sie einfach sein, wie sie sich in ihren wildesten Fantasien vorstellte.

Das fühlte sich so gut nach Freiheit und Geborgenheit gleichzeitig an!

Ihre Körper passten zueinander wie ihre ineindergelegten Hände. Jede Berührung seiner Haut war so prickelnd wie beim ersten Mal und gleichzeitig so vertraut wie ihre eigene.

Das nächste Mal wollte sie mit ihm über ihre sexuellen Pläne sprechen. Es schien ihr, ihm konnte sie alles erzählen und fragen, ohne Angst zu haben, sein fragiles Ego mache ihr lieber eine Show, anstatt wahrhaft in sich zu horchen und einfach zu beschreiben, was er dort fände, stark oder schwach. Mit dem gleichen befreienden Vertrauen.

Sie schlief viel zu spät, aber glücklich ein.

## Leander

Sie trafen sich in den nächsten Wochen regelmäßig Abends bei ihm, zumindest so gut es ihre beiden Leben eben erlaubten. Sie fielen bei weitem nicht jedes Mal übereinander her. Oft saßen sie einfach bis in den Morgen, tranken Wein und tauschten Gedanken aus, oder sie gaben sich gegenseitig ihre „ärtzlich verordneten Streichelmassagen zur Kompensation generellem gesellschaftlichen Kontaktdefizits." Sie verbrachten einfach gerne Zeit zusammen.

Eines Tages sah er sie, nach dem ersten Glas Wein, ein gefaltetes Blatt aus der Tasche ziehen. „Ich habe eine Liste gemacht von all den Sachen, die ich schon immer mal ausprobieren wollte", sagte sie aufgekratzt, als plane sie einen lang ersehnten Ausflug nach Disneyland. „Wenn Du Deine Wünsche dazu schreibst, haben wir für die nächsten Jahre schon mal konkret was vor", zwinkerte sie ihm zu. „Wir haben natürlich beide Vetorecht", lachte sie. Er öffnete eine oft überarbeitete, mit Verweisen und Sternchen versehene Liste. „Das schreibt sich halt nicht so leicht wie eine Einkaufliste." entschuldigte sie sich verschämt.

"Glaube mir, ich will echt nichts von dem alleine machen müssen, aber machen werde ich es früher oder später auf jeden Fall. Ich wäre froh, wenn Du mich bitte, bitte dabei begleiten würdest... bitte!?", setzte sie hinterher. „Mit Dir fühle ich mich sicher, körperlich und psychisch. Dir kann ich vertrauen, dass Du genau weißt wann ich was möchte oder auch brauche, weil ich mit dir darüber reden kann und Du immer auf meiner Seite bist." Mit diesen Worten entließ sie ihn mit einem Kopfnicken endlich an ihre Liste.

"Ich habe wirklich noch nie eine Frau wie Dich getroffen." lachte er, Du hast, das hört sich vielleicht doof an, eine fast "männliche" Sexualität. Ich meine, ohne belastende Scham, mit einem verspielten Stolz auf Deinen eigenen Körper und deine Geilheit . Ich weiß nicht wie ich es sonst beschreiben kann. Frauen sind nicht immer so frei oder offensiv!" Lisa, ehrlich? Ich wäre blöd wenn ich Dich Deine Abenteuer ganz alleine machen ließe. Mit mir kannst Du zählen, was auch immer. Ich stehe ja jetzt schon bereits bereit." Endlich erlaubt er seine Augäpfel nach unten zu schwenken. " Nix fäkales bitte, bittebitte, nix fäkales!!!!" hörte er sich innerlich beten.

## 1. Golden Shower und Kaviar

Was dünn durchgestrichen war und mit „Gotcha! Sorry! Keine Sorge, nur mein Humor ist pervers. LOL" annotiert war.

In dem Moment schrie Lisa auf vor Lachen, fiel buchstäblich vom Stuhl vor seine Füße und japste unter offensichtlicher Atemnot: "Ich..., Ich..., ich hab´s auf Video.... Ich habe den gesamten Zusammensturz zum ansehen!" "In SlowMo wenn Du willst." kreischte sie fast dazu.

Sie rappelte sich unter Lachkrämpfen auf, nahm die Ruine seines Gesicht in beide Hände und küsste sie, als wolle sie sie Stein für Stein wieder aufbauen. „Entschuldigung, das musste einfach sein. Ich hab's im Handy, das wird DER TikTok-Hit! Nein, nein, keine Sorge."lachte sie.

Es war eine tragische und detaillierte Studie über den schmerzhaften Zusammenbruch einer unschuldigen Hoffnung. Man konnte genau sehen, was in seinem Kopf vorging. Besonders in Zeitlupe!

Von seiner Ansprache über das innerliche Stoßgebet bis zu dem Moment, an dem seine Augen die erste Zeile erreichten, war eigentlich noch alles in Ordnung.

Dann folgten mehrere hastige horizontale Kontrollscans und dann eine deutliche

Pupillenbewegung zum Ausgang, um nach langem wieder zögerlich zurück aufs Papier zu meandern. In der ganzen Zeit befand sich seine gesamte Gesichtsmuskulatur im freien Fall. Als er den Kopf schräg stellte, um ihre Randnotiz zu lesen, verwackelte leider die Aufnahme, als sie endgültig von ihrem Stuhl fiel.

Nachdem sie noch eine Weile, unter weiteren Momenten der Atemnot, gemeinsam seine Gedanken Bild für Bild zuordneten, stand sie nervös auf: „Willst Du auch Tee?" „Nein, nein, ich finde schon alles!" Er sollte wohl endlich mit Ihrer richtigen Liste beginnen.

Ganz oben stand in etwas größeren Buchstaben:

*Meine Abenteuerliste (unsortiert)*

„Ich habe Sternchen hingemacht, wo wir alles genau vorrausplanen sollten." Nur die richtigen Spielpartner einladen und generell für Sicherheit sorgen, und so. „Je mehr Sternchen, desto wichtiger, soll ja Spaß machen!", erklärte sie noch aus der Küche. „Junge, manches davon könnte sonst echt nach hinten losgehen!", lachte sie. „Die ohne Sternchen können wir einfach so mal machen, denke ich.

"Aber es ist natürlich wichtig, dass du dich auch gut damit fühlst. Die meisten Dinge sind ja, wenn man es genau bedenkt, mehr Aufwand für dich als für mich. Ich halte meistens nur meinen Körper hin und genieße, lachte sie etwas beschämt ob ihres offensichtlichen Egoismus, den sie sich allzu gerne als Dienst an einen übermächtigen Meister verkaufen würde. Aber ich lass' dich jetzt.", sagte sie und ging in die Küche.

„Okay", sagte er und setzte nochmal an, die Liste nun tatsächlich in Ruhe zu lesen.

Meine Abenteuerliste (unsortiert)

1. ~~Golden Shower und Kaviar~~, gotcha. LOL

2. In der Öffentlichkeit

3. einander mit anderen beobachten *

4. FFM (bi)*

5. MMF (bi)*

6. Im Wald

7. Gangbang-Queen ***

8. Mich an langer Kette im Pornokino benutzen lassen. ****

9. Rapeplay***

10. Bondage

11. Submission

12. Orgasmusfolter mit Fickmaschine

13. Mit einem Unbekannten*

14. Schwerelos im All. ******

Nogo's:

1. Alles Fäkale und kriminelle

2. echte langanhaltende Schmerzen

3. echter Zwang

Mehr stand nicht auf ihrer Liste. Wohl ließ sie ihm aber großzügige 30 mm bis zum Blattrand für seine Wünsche.

Als er sie darauf hin schmunzelnd anblickte, Schlug sie verlegen die Lieder nieder und lächelte: "Ich habe mich wohl anfangs etwas unterschätzt. Schau, Du hast noch die ganze Rückseite!".

## Lisa

Sie nutzte den Moment, während sie den Tee aufgoss, um über seine Frage nachzudenken. „Ist das normal?"war zwar nicht schön formuliert, war aber genau die Frage die sie seit früher Jugend quälte. „Ich glaube schon, dass andere Frauen auch solche Fantasien haben," sagte sie. "Welche meinst Du denn genau?"

„Na ja, so ab Punkt 8 wirds ja schon recht duster", sagte er. „Verstehe mich nicht falsch, ich bin weit entfernt von einem Veto oder sowas, es interessiert mich nur." „Mich macht das zumindest voll an wenn du dich in meine Hand begeben willst."
Vergewisserte er ihr. „Ich habe mal gelesen, 65 % der Frauen haben Unterwürfigkeitsfantasien." Darum auch hat auch „50 Shades of Gray" so getroffen.
BDSM generell trendet gerade total. Wenn sie selbst benennen müsste, was sie persönlich an dieser Fantasie fand: „Ich glaube", sagte sie nach längerem Schweigen. „Im Grunde geht's um Schuldunfähigkeit." „Wenn ich selbst in ein

Pornokino gehe und rumficke wie es mir beliebt, dann ist das meine Entscheidung und liegt somit voll in meiner Verantwortung, und dann kommt wieder einer und beschmeißt mich mit hässlichen Gedanken."

"Was?", fragte er. „Ach, nichts." Ich meine, dann bin ich wieder die Schlampe für mein Überich. „Wenn du mich aber ankettest und du mir ‚befiehlst', wild rumzuficken, habe ich ja keine Wahl, und voilà, bist du dann das Schwein." Leander kommentierte das mit einem leisen Grunzen. „Das ist quasi mein Weg um mein Überich herum." Bei meinen Nachbarn wäre ich ja schon eine Schande, wenn ich nur daran denken würde, dort hereinzugehen, Kette hin oder her. Es geht mir alleine darum, dass ich mir selbst erlauben kann, mich ganz meiner Ekstase hinzugeben. Ohne in mir den Verdacht von Egoismus aufkommen zu lassen. Weißt Du, das weibliche „Dienen" ist ja gesellschaftlich sehr willkommen. Dienen ist ein Kernbestandteil meiner gesellschaftlichen Stellung. Auch wenn wir es nicht wahrhaben wollen und seit den 60ern sich ja schon ganz viel verändert hat, ist es immer noch in allen Ecken und Statistiken erkennbar. Mindestens 80 % aller dienenden Berufe sind doch weiblich besetzt. „Das Anreichen, das Unterstützung, das Pflegen, das Hinterherputzen, ist einfach dem weiblichen zugeordnet." „Da die Gesellschaft den größten Teil meines Überichs gebaut hat, habe ich das ‚Dienen' jetzt in mir. Als Teil meiner Selbstdefinition" Wie Männern das „Angreifen und Schützen" habe ich

„Dienen und Helfen" verinnerlicht bekommen, als gesellschaftskompatiblen Grundpfeiler meiner Persönlichkeitsprogrammierung, seit frühster Kindheit eingepflanzt. Das kommt da nicht mehr so leicht raus. „Das trägt mich ja zum großen Teil. „Wenn ich es aber hinbekäme, mir diese ‚egoistische' Befriedigung meiner Lust als „Dienst" oder „Hilfe" zu verkaufen... Tadaaaa! Christian Grey muss man doch helfen! Dem armen!!" „Wenn mir Aufopferung zu langweilig ist, komme ich auch als Opfer um mein Überich herum." Rape-Fantasien helfen mir da enorm. Dabei geht es in meinen Fantasien nicht um männliche Macht, wie es in echt ist. Vergewaltigung ist ja im Grunde kein sexueller Akt, sondern ein körperlicher Angriff, um Macht zu demonstrieren. Lust ist da nie die Motivation. In meinem Kopfkino geht es aber immer um Lust. Da mutieren die Männer alleine von meiner Schönheit, meinem unschuldigen Liebreiz und der wollüstigen Natur meines Körpers, zu hart pochenden Schwanzzombies, die wie eine Meute gieriger und unerzogener Hunde alle ihre Schwänze gleichzeitig in mich versenken wollen. Da ist etwas animalisch Unschuldiges in diesen Männern. Ich fühle mich dabei auch eher wie ein Opfer einer Naturkatastrophe. Nicht wie in Echt, Opfer eines Verbrechens.

„Der Dom als Schuldableiter also?! Ich spüre schon das Kreuz im Rücken." fasste Leander die ihm zugedachte Rolle zusammen. „Sorry, im Grunde ja! Das ist zumindest ein Aspekt", musste sie achselzuckend zugeben. „Wäre das unangenehm für Dich?" „Das ist ja schon eine gewisse emotionale Bürde", schmunzelte sie. „Nein", sagte Leander langgestreckt, mit einer langsamen Drehung seines Kopfes nach links und rechts, verträumt grinsend in die Ferne starrend. „Wir besprechen ja auch alles vorher." „Ich erzähle Dir genau, wie ich es mir ausmale, und dann kannst du alles arrangieren."

Hauptsächlich ging es ihr darum, Kontrolle abzugeben. Nicht denken zu müssen, nur ihre eigene körperliche Geilheit, ihre brennende Nässe, ihren ausgefüllten Körper zu fühlen. Dazu half es, wenn der Kopf derweil nur noch leise im Standby lief. Er musste es planen wie ER es will, natürlich am besten in die generelle Richtung, die sie sich erhoffte. Nicht als Dienstleistung, sondern als essenzieller Teil des Spiels. Nur dadurch, dass er mit ihr machen konnte, was ER wollte, spürte sie SEIN Verlangen.

Genau wie in ihrer Fantasie natürlich nicht. Um Gottes willen! Es gab konsequentlose Fantasie, und dann gab es eine ferne realitätstaugliche Variante davon. Die beiden hatten nur entfernt etwas miteinander zu tun. „Ich kann ja mal beschreiben, wie ich mir das vorstelle, willst Du?" „Schickte sie eine, wie sie an Leanders Beule in der Hose erkannte, rein rhetorische Frage hinterher." „Also, du spähst uns heimlich ein nettes dunkles Pornokino aus... nicht so ein schmuddeliges vielleicht." Begann sie mit aufgeregtem und angegeiltem Zittern in der

Stimme, während sie sich rittlings auf seinen Schoß setzte.

In ihrem Kopf ist es natürlich immer die schmuddeligste und ranzigste Wichshöhle, die sie sich vorstellen kann. Als verdiente Strafe von ihrem Meister entschieden. Ein altes heruntergekommenes Jugendstil Theater das mal bessere Tage erlebt hatte und nun zum Sexsklavenmarkt/Theater/Bar umfunktioniert wurde. Je mehr halbtrockenes Sperma, Dreck und verschmierte Glasflächen, desto besser. Der Boden ist in ihrer Fantasie oft mit einer dünnen Schicht Ruß von all den Fackeln bedeckt, sodass sie auch wirklich alles mit der Zeit ordentlich beschmutzte. Alle ihre Lieblingspornos laufen in plärrender Lautstärke auf unzähligen Monitoren und alle wissen, dass es ihre Wichsfilmchen sind. Manchmal sieht sie sich auch selbst in diesen Filmen. Das beschämt und erregt Sie gleichermaßen.

„Also, Du scoutest uns ein paar nette, verlässliche und leckere Jungs, so 3 – maximal 6 vielleicht." Gut aussehend, so von 25 bis sportliche 60. Aber ich treffe die natürlich vorher nicht, es sollen mir völlig Unbekannte sein. „Da vertraue ich voll auf deinen Geschmack, oder ich kann dir ja in der Stadt mal den Typus zeigen, den ich so mag."

In Ihrer Fantasie sind es allerdings zufällig anwesende Wichser, Trucker, Geschäftsleute, Penner, Priester, labile Serienmörder und skrupellose Mafiaschergen der untersten Riegen, ungepflegt, respektlos und gefährlich. Wenn sie tagsüber einem besonders derben oder gemeinen Mann begegnete, entkernte sie ihn in ihrem Kopf von seiner Persönlichkeit und nahm bloß seine optische Gestalt in ihren Traum. Nette, 25-jährige Sportstudenten hätten dort wahrscheinlich eh nur Angst bekommen.

„Ich ziehe mir irgendwas sexy an, so Richtung Princess Leila Slave!" Aber weniger Metall. Ein kurzes, hautenges Schlauchkleid vielleicht, schön nuttig. „Wie auch immer, da ist ein ledernes Halsband um meinem Hals, an dem Du mich an einer langen Kette von Raum zu Raum führen kannst.

" In ihrer Fantasie ist sie immer komplett nackt, bis auf einen schweren, geschmiedeten Ring um ihren Hals, an dem eine lange, Kette hängt. In Abständen baumeln an ihr verschieden große phallische Objekte, die die Gäste, zur Bestrafung oder auch aus Spaß nach Belieben an ihr einsetzen dürfen so lange das ihr Meister an der Kette billigt. Das kam eigentlich nur vor, wenn sie auch einen Dildo zur Hand hatte.

Ihr Auftritt sorgt für Aufruhr im Saal. Ihr Körper wird von geilen Blicken durch den Raum getragen. Alle wollen sie ficken, alle wollen ihr Schwänze in sie versenken. Sie fühlt sich extrem begehrt, jeder wollte sie streicheln berühren, in sie dringen. Jeder wollte sie besitzen. Vor ihrem unverzüglichen Zugriff, nur durch den Willen ihres Meisters bewahrt.

Es werden grob Pfeile mit dickem Edding auf ihre Haut gemalt, die auf ihre diversen Körperöffnungen oder andere Wichsbereiche der Gäste weisen. Auf den Innenschenkeln hoch, auf dem Bauch runter, auf den Pobacken von links und rechts, alle auf ihre Fotze und Anus zeigend. Auf der Brust und auf die Wangen, Stirn und Hals in Richtung Mund. Sie wird nicht „herumgeführt", sondern gezerrt, wie die sprichwörtliche, räudige Hündin. Manchmal stellt sie sich auch vor ihr Meister würde sie einer Gruppen von jungen Matrosen zur Verfügung stellen, die sie, einem Spielautomaten gleich, abwechselnd zum Orgasmus treiben und laut johlen, wenn einer sie noch schneller und noch heftiger hat kommen lassen. Sie hatte sich, eigentlich seitdem sie zu ihren Fantasien onanierte, immer einen gewissen Cartoon Stil, was die physikalischen Konsequenzen ihrer Träume anging, eingestanden. So stellt sie sich auch gerne mal vor, wie sie, einem Actionfilm gleich von einem 4 Meter Monstermann nach Benutzung 10 Meter quer in die Raumecke geschmissen wird, um da, wo sie liegen bleibt, von einem schwitzenden Priester mit fleckiger Kutte ungefragt in den Arsch gefickt zu werden. „In... benedikt... sancti", stöhnt er, schwer auf ihrem Rücken liegend, in ihr Ohr, als er ihr seinen „heiligen Samen" in ihren sündigen Po pumpt, „spendet" nennt er es. „Nicht für mich, sondern für die, die nach mir kommen!", verfällt er daraufhin in einen kurzen heiligen Singsang. „Jeden Tag eine gute Tat, solltest Du Dir mal ein Beispiel dran nehmen!" „Aber als guter Christ bete ich für Dich heute Abend noch mal im Bett", setzt er mit einer Wichsgeste nach. Als er ihr zum Abschied höhnisch lachend auf den nackten Hintern klatscht, läuft langsam sein Sperma aus ihr heraus.

„Dann führst Du mich in einen Raum, wo ein paar Pornos laufen, und bindest mich unter einen der Bildschirme an." Ich sitze oder knie auf dem Boden. So, dass ich mich zwar noch bewegen, aber nicht weit weg laufen kann. Dann kommen Deine Jungs, wie zufällig über den Abend verteilt, herein und ficken mich nach allen Regeln der Kunst, einer nach dem anderen. Und ich darf mich nicht wehren. Vielleicht spotten Sie etwas über mich dabei? „Und DU passt aber auf, ja?!"

In ihren wahren Träumen, wird sie zwar auch angebunden und muss auf dem Boden sitzen, auch wird sie gefickt, aber nicht nach Regeln und schon gar nicht nach irgendeiner Kunst. In ihrer Fantasie fordert ihr Meister von ihr, sich immer benutzbar zu zeigen und allen Lust fördernd zu dienen. Stehend, liegend oder kniend, wahlweise. Nicht ihre Wahl natürlich. Also schon, well, it's complicated. Eine ihrer gerne „eingeforderten" Präsentationspositionen, ließ sie besonders sexy, animalisch und zugänglich fühlen: Auf Knien und Ellenbogen, tief im Hohlkreuz, die Hüfte und ihre Scham auf den weit gespreizten Oberschenkeln weit nach hinten ausgestellt, sodass ihr Poloch und ihre geöffneten Schamlippen um männliche Lust buhlen. Den weit geöffneten Mund, „einladend" den vorbeigehenden Gestalten hin gereckt. Immer „Augenkontakt" anbietend, soll sie zu aller Zeit sich möglichst zugänglich und freundlich geben. Man, war sie froh, dass sie nie in echt so knien musste! Meistens blieb davon, während sie sich streichelte, lediglich ein leichtes Kippen ihrer Hüfte übrig. Einige Male, am Anfang, als sie diese Vorstellung für sich entwickelte, nahm sie diese Position einmal 3 Minuten am Stück ein – eine gefühlte Ewigkeit. Es reichte, um mit dem Gefühl ihres Körpers, ihrer Haut, Muskeln, Sehnen und Gelenke später ihre Fantasie zu bereichern. Absolut unmöglich, dachte sie, während sie die extreme Streckung ihrer Rücken und Schenkelmuskulatur in ihrer Vorstellung genoss. So war sie ein wahrhaft, unwiderstehliches Fickstück, und als solches waren ihre Löcher Allgemeingut. Manchmal „sollte" sie sich auch mit dem Rücken auf den Tisch legen und die Füße hinter ihrem Kopf verschränken, mit den Händen Po und Schamlippen aufspreizen und, den Mund aufgestellt, die Zunge weit herausgestreckt, beflissentlich auf Gäste warten. Natürlich bildet sich bald in ihrer Fantasie eine Schlange von aufgegeilten Männern vor ihren derart angerichteten Zugängen. Sie stellt sich vor, wie das ganze Theater sich an ihr abarbeitet. Einer nach dem anderen versenkt sich zuerst in ihren Arsch, dann nach einer Weile in ihre nass-gierige, Fotze stoßend, um dann, kurz bevor er kommt, tief in ihren Mund zu dringen. Jede frei werdende Öffnung wird natürlich vom nächsten, noch dickeren Schwanz ausgefüllt. Natürlich schluckt sie alles, weil ihr Meister es so entschieden hat und es ihn freut, außerdem hat sie es ja verdient.

Augen haben diese Gestalten keine. Sie haben Ausdrücke anstatt Gesichtern: aggressive Ausdrücke der Geilheit auf sie und der damit genährten, höhnenden Verachtung.

„Und Du schaust, dass keiner heimlich sein Kondom abstreift, ja?" Oder nicht aufhört, was zu machen, was ich nicht mag. Ich muss mich auch blind darauf verlassen können, dass nur die ausgewählten Jungs mich verwöhnen dürfen... Aber dennoch will ich nicht wissen, ob die tatsächlich die ausgewählten sind – dann wären sie ja keine „Fremden" mehr! „Hm, schwierig!", hielt sie inne.

Selbstverständlich will sie keiner in ihrem Kopfkino „verwöhnen", sondern eher am Schopf grob in Position werfen und seine Begierde an ihr abficken. Als wäre sie nur ein weiteres nasses Loch für ihn um seinen Brennstab zu kühlen. Manchmal zeigt einer dieser unverschämten Gestalten auch einfach wortlos auf eins ihrer markierten Körperöffnungen. Die hatte sie ihm dann umgehend in der für ihn angenehmsten Position bereitzustellen, und höflich um seinen Schwanz zu bitten. Wie eine gute Flugbegleiterin oder Empfangsdame, zuvorkommend, lächelnd, dienend, non-threatening. Ist sie zu langsam, oder nicht freundlich genug, wird sie von ihrem Meister mit einer Ohrfeige gedemütigt. Oder sie stecken einfach ihre Finger ungefragt in ihr, von ihr brav präsentiertes, Fötzchen. Während sie die von ihrer unbändigen Lust benetzten Finger abwechselnd glänzend aus ihrer Spalte ziehen, was sie jedes Mal nur noch mehr erregt, lachen und schimpfen sie sie aus. Beschämen sie, ob ihrer offen zutage liegende Lust. Sie zischen und spotten in ihr Ohr während sie sie befingern oder sich mit ihren harten Schwänzen abwechselnd all ihrer Löcher bedienen. Während sie, von ihrem eigenen Verlangen überrollt, mit ihren dicken und harten Gliedern in ihrer eng geschwollene Höhle, ihrem „gesalbte" Arsch und ihrem gut trainierten Hals benutzt wird, verachten sie sie für jeden Orgasmus den sie und sie selbst haben. Sie schämt sich jedes Mal, zumindest gibt sie sich in ihrer Fantasie so, wenn sie von ihnen wieder heftig erschauernd kommt:" Mein Gott, schau! Da gehts schon wieder los! So ein geiles Flittchen!

Es war ein anerzogenes Schamgefühl. So hatte sich eine anständige Frau einfach nicht zu verhalten. Das schickte sich nicht. Das war ganz tief in ihr verankert, auch wenn sie es heute verdammt, hemmt es sie in der Realität, sich gehen zu lassen. Aber viel tiefer in ihr, war der Wunsch begehrt zu werden, nicht nur gemocht ob ihrer Persönlichkeit, sondern dass ihr Körper alleine in Männern körperliches Verlangen auslöst und er hergenommen wird, dieses auch zu löschen. Sie wollte unanständig sein. Ihre Beine so weit Spreizen, sodass von überall dicke Schwänze angeflogen kommen und sich, wie die Motten ins Licht, in ihre pochende Möse stürzen um ihre gierige Lust zu stillen. Sie wollte die Frau sein die man Slut, Hure und Schlampe nennt, auch wenn sie es schade und entlarvend fand, dass das Bild der zügellosen weiblichen Lust so negativ belegt war.

Letztendlich waren das ja alle Schimpfwörter für etwas, was sich doch so gut anfühlt. Göttin? Nein, so behandelt man keine Göttin.

"Jedenfalls, ... ich glaube, es ist schon ein bisschen wichtig für mich, ...dass Du alles befiehlst und streng anordnest, sodass ich nur gehorchen kann."

Absolut, zu 100 % sicher, war sie, dass diese ganze aufwendige dunkle Fantasieumsetzung ausschließlich Sinn ergibt, wenn „Gehorchen" das einzige ist, was ihr zugestanden wird. Sonst könnte sie auch mit dem Geiß-Peter auf der Blumenwiese masturbieren. Eine andere und viel einfacher umzusetzende Lieblingsfantasien.

Während sie nämlich, bar jeglicher Entscheidungsgewalt, von allen Seiten durch den Abend getrieben wird, sammelt ihre Haut nach und nach all den Ruß des Bodens, über den sie gezogen und gestoßen wird, und vermischt ihn mit den Sekreten ihrer eigenen beschämten Lust und dem klebrigen Sperma derer, deren Lust sie, so ungedankt befriedigen musste. Mit der Zeit mischt sich dieser schwarze, klebrige Film mit all den Demütigungen, Respektlosigkeiten, Heucheleien, bösen Worten und Gedanken, und entwickelt sich allmählich, zusammen mit der, ihr eingeredeten Scham und Schuld, zu einer immer dichter und härter werdenden Masse, die sie bald, wie ein fester „Kokon der Schuld", umhüllt, nur noch ihre Öffnungen zur Benutzung freigehalten, kann sie sich kaum noch bewegen. Dann, wenn sie endlich körperlich tatsächlich kommt, bricht der Kokon um sie entzwei und, wie eine strahlende Perle, lässt sie diese Hülle der eingeredeten Schuld, rein und befriedigt von sich ab fallen. Der Kokon bleibt fest an der Kette ihres Meisters hängen. An der er dann, vom Gewicht des Kokons, mit in die Hölle gezogen wird, oder sonst wohin. Who cares?

"Klar könnte ich mich selbst Fremden zur Benutzung hinwerfen. Aber dann geht es nur um meine eigene Befriedigung, die Stecher sind mir ja egal. Und ich denen ja auch. Keiner von denen ist da an meiner Befriedigung interessiert. Lose-Lose. Aber wenn ich es mit und für jemanden mache, der mir wichtig ist, der mir wirklich etwas bedeutet dann ist meine Geilheit irgendwie entschuldigt oder in einen höheren Dienst gestellt. Nur dann kann meine Befriedigung jemanden befriedigen, nicht nur mein Körper.

Aber um ehrlich zu sein: Das hatte ich eigentlich für später angedacht es ist ja schon arg viel Vorarbeit, kam grad nur die Sprache drauf. „Außerdem, je mehr Sternchen, umso mehr Angst habe ich auch davor." Sagte sie, während sie sich von Leanders Schwanz erhob, den sie, während sie ihm ihren Kinoplan erklärte, langsam auf seinem Schoß geritten hatte und der inzwischen aufgehört hatte zu zucken. „Punkt 1 reizt mich zum Beispiel auch sehr. Wir zwei? Bloß nicht erwischt werden? Leute könnten uns sehen?", trailerte sie ihm, während sie sich anzog. Sie küsste ihn und sagte: „Ich muss! Morgen um sechs?!" Schon wieder ließ sie ihn so sprachlos zurück, bemerkte sie mit ein wenig Stolz.

## Leander

So eine ausgiebige Liste würde er auf keinen Fall zusammenbringen, dachte er, als er sich Lisas später nochmal alleine anschaute.

Er hatte zum Beispiel so gar keinen Fetisch. Objekte hatten es schon immer schwer Eingang in seine Gefühlswelt zu erlangen. Zwar schätzte er sie durchaus für ihre praktischen Qualitäten, für ihren Dienst, aber emotional berührt, wie manche seiner Freunde, von Ferraris, Schuhen, Spitzenunterwäsche oder Armbanduhren.

Er hatte eine durch und durch gängige männliche hetero-Sexualität und war froh und glücklich darin. Er war für die Auflösung starrer Geschlechterrollen und Gleichheit in der gesellschaftlichen Teilhabe. Die Erstarkung von Queer-Rights-Bewegungen empfand er als nötigen gesellschaftlichen Fortschritt.
Er konnte gleichermaßen in männlichen und weiblichen Körpern Erotik entdecken.

„Sein oder Reiben",

nannte er den emotionale Unterschied. Wenn er durchtrainierte Männerkörper sah, träumte er gerne sich so sexy zu fühlen, was nie passieren wird weil er leider viel zu faul dafür war. Wenn er hingegen einen sexy Frauenkörper sah, wollte er seinen einfach nur daran reiben, basicly.

Jede Verunsicherung in der Zuordnung einer Person in die zwei Kategorien, war für ihn immer etwas uncanny.

In seiner Lust ging es weniger um sein Wollen als um sein Gewollt-werden.

Darum war der Besuch einer Prostituierten für ihn auch ein zutiefst absurder Gedanke.

Vielleicht konnte er sich ja von ihrer Liste inspirieren lassen.

Der echte Punkt 1 war: mit dem Tabu der öffentlichen Kopulation brechen, sicher, das ist bestimmt nervenaufreibend wenn man nicht dabei erwischt werden möchte. Was, wie er fand, dann aber nicht-in-der-Öffentlichkeit heißen sollte.

Aber "tatsächlich in der Öffentlichkeit" ist schlichtweg illegal, unter Androhung von Geldstrafen und potentiell unangenehmen Behördengängen. Da hatte er einfach kein Verlangen nach.

Ansonsten könnten sie sich ja einfach eines Tages in New York, Ecke 7th Ave/43rd St. verabreden (Time Square). Sie würden an einem der ersten heißen Frühlingstage die 7th Avenue entlangschlendern, sie aus dem Norden, er von Süden her.

Irgendwo auf der Strecke, vielleicht gerade auf dem freien Platz vor einem populären Straßenmusiker, würden sie sich treffen. Erst würden sie unaufmerksam aneinander vorbeigehen, um dann, wie vom Blitz getroffen, ein paar Meter voneinander entfernt innezuhalten. Um sich dann, ganz ganz langsam, einander zuwendend und vorsichtig mit ungläubig schüchternen Schritten aufeinander zuzugehen. Irgendwann überwinden sie dann ihren persönlichen Ereignishorizont, um, wie zwei Magnete, in eine heftige Umarmung zu fallen und sich leidenschaftlich zu küssen. Es wäre die perfekte Inszenierung der klassischen Hollywood-Liebe-auf-den-ersten-Blick-Szene. Amis sind gründlich konditioniert darauf, mit Applaus zu reagieren. Wie Sie aber reagieren werden, wenn dann einfach nicht abgeblendet würde? Wenn den getriggerten öffentlichen Akzeptanzbezeugen nur mit einer immer innigeren und leidenschaftlicheren Umarmung begegnet wird? Was, wenn sie Stück für Stück, sich komplett ihrer Kleidung entreißen und wild kopulierend, inmitten der applaudierenden Menge, untermalt vom Straßenmusiker, einander vor aller Welt laut stöhnend und extatisch, like they do it on Discovery Channel, hemmungslos fickten, bis beide in einem erschütternden Orgasmus selig, und wahrscheinlich berühmt as fuck auf YouTube, aufeinander schnaufend zusammenbrechen würden?

Das verstand er unter „in der Öffentlichkeit", dachte er, als er sich zum Abschluss noch den CNN-Helikoptershot vorstellte. „Times Square: Ground zero for nationwide love wave!".
Er merkte für sich: Exhibition ist auch nicht wirklich

sein Problem. Es würde ihn zwar mehr erregen, sie vorzuführen, als sich selbst zu zeigen aber sonst triggerte es nicht viel in ihm. Wäre er mit seinem Körper zufriedener, so dass er jedem Blick Verlangen unterstellen könnte, wäre das vielleicht nochmal was anderes.

Was noch?

### 2. einander mit anderen beobachten *

Voyeurismus kannte er aus seinem eigenen Medienkonsum. Wenn das Hirn eh nicht unterscheiden kann, ob es etwas bloß sieht, hört, ließt oder tatsächlich selbst erlebt, ist das the next best thing. Live vor Ort beobachten. Die Lust an der Eifersucht, die er genauso genießen konnte wie eine Wurzelbehandlung ohne Betäubung, könnte ein weiteres Element sein, vermutete er befremdet.

Außerdem müsste er Liebe mit Besitzanspruch empfinden, was er bei Lisa nicht fühlte. Sie war ihm eine sehr liebe Freundin, der er alles gönnen konnte. Er gönnt ihr jeden Schwanz aber er gönnt niemandem ihr herrliche Fotze.

### 3.FFM (bi!)*, 4.MMF (bi?)*

So selbstverständlich ihm, fast schon zu abgegriffen und vorhersehbar für seine eigene Liste, der klassischste aller Männerwünsche gefiel, so haderte er mit dem anderen. Er hatte einfach keinen „Reiben"-Impuls bei Männerkörpern. Er könnte sich bestimmt von einem Mal einen blasen lassen und könnte das bestimmt auch irgendwie genießen wenn er nett wäre. Irgendwie, vielleicht. Gut blasen würde er ja schon können. Er hatte halt noch nie eine homosexuelle Erfahrung, nicht dass es ihm nicht angeboten wurde. Schwule fanden ihn durchaus interessant und baggerten ihn seit seiner Jugend oft an. Das schmeichelte ihm sehr, aber er war halt eine Hete.

Zu „im Wald" fiel ihm spontan nur die fette schwarze Nacktschnecke ein, die am Standbein seiner Exfrau empor kroch, als er diesen Stunt das letzte Mal versuchte. Ein kapitaler gastropoler Cockblock war das! Ansonsten: In der Natur auf Picknickdecke, immer gerne! Dachte er ein bisschen unbeeindruckt.

### Punkt 5: „Gangbang-Queen"
Das, würde ihn ein hoffentlich gut gesicherter Pornhub-Algorithmus snitchen, war seine go to Kategorie bei Pornos.

Wäre er eine Frau, wäre das bestimmt sein Hobby. Als Mann stellte er es sich so spannend vor wie Tischtennisrundlauf im Phantasialand. Ewig anstehen für einen kurzen Serve und ab zur nächsten Schlange, immer die „Mindestgröße" aufrechterhalten. Nein, danke.

Nicht, dass er je Teil eines Gangbangs war, denn sein Realworld-Problem war eindeutig ästhetischer Natur. Hochglanzpornos waren voll von schönen Körpern die nur genossen. Alle Sortiererei der Extremitäten, alle „Aua, so geht das nicht, so komm

45

ich gar nicht dran, vielleicht wenn Du Dein Bein da abstellst, dann könnte ich hier drunter… jetzt tuts DIR weh?!", sind rausgeschnitten. Die paar Amateuraufnahmen, die er mit Vorsicht angeklickt hatte, bestärkten ihn darin, sich das nie mit einer echten Erfahrung zu versauen, zumindest nicht ohne dass er alle Mitspieler persönlich castet. Dann würder er sie natürlich gerne begleiten. Mit Lisa wäre es auch was anderes, als den Gaststecher irgendeiner Frau zu geben, die er nicht gut genug kannte für ein eigenes körperliches Verlangen.

Was ihn reizte, war der hohe LTR-Wert.

Dort fand er die größtmögliche Lust-Transfer-Rate, das meiste „Gewollt werden", das stärkste Wollen. Sie will alle und alle wollen sie. Er war dann natürlich alle und genoss gleichermaßen, wie alle seine Schwänze eine Frau maximal beglücken konnten und alle ihre Löcher maximal viele seiner Schwänze. Manchmal versuchte er sich vorzustellen, drei Schwänze zu haben.  Aber in drei verschiedene Richtungen zu stoßen, um drei Frauen gleichzeitig zu beglücken, bedeutete, dass er dafür eine Art multidimensionales Wesen werden müsste, zumindest an der Hüfte. Das brachte ihn dann immer raus.

Die Empfindungen der Frau waren für ihn der Schlüssel zu seiner Befriedigung. Er stellte sich vor, wie es sein müsse, wenn das Eindringen in den eigenen Körper lustvoll konotiert sei, und wie es dann wäre, das gleich dreimal, wenn auch mit deutlich unterschiedlicher Stimulanz, erleben zu können. Diese vorgestellte Befriedigung, die er dann mit allen seinen Schwänzen auslöst, gibt ihm zusätzlich zu der ganz bekannten Stimulanz an all seinen Eicheln ein Gefühl, der ultimative Liebhaber zu sein. Mehr eine Art Schwarmwesen, aber egal.

Der größte Aspekt für ihn aber, war eine entfesselte weibliche Geilheit zu sehen.

## Lisa

„Lass ihn jetzt auch mal drauf, du warst schon so lange, immer abwechselnd, ok?", rief sie quer über den Spielplatz ihren Jungs zu, als sie sie unter dem Vorwand körperlicher Ertüchtigung für eine geheime Aufklärungsmission in den Park gelockt hatte. Außerdem waren es fast 30 Grad heiß. Vorgestern, auf dem Heimweg, hatte sie einen kleinen Zettel in ihrer Jackentasche gefunden: „Übermorgen, Park 0:00 Uhr, habe Fremden organisiert: Kennwort: „Erdbeereis"!, nebst einer groben Skizze des Parks, mit einem kleinen Kreuzchen auf einer der hintersten Wiesen." Unterzeichnet war er mit „Leander". Was diese paar Worte in ihr auslösten, war einfach nur lächerlich! Ihr Zwergfell kitzelte wie im freien Fall, ihr gesamtes Blut machte sich offensichtlich gemeinsam auf den Weg zu ihrer schwellenden Vulva. Panik und Lust ergriffen ihre Knie, sodass sie für einen kurzen Moment versuchten, gleichzeitig wegzulaufen und sich zu spreizen. Sie hielt zur Vorsicht tatsächlich für einen Augenblick inne.

In Ihrer Pubertät hatte sie einmal einen sehr intensiven Traum. Sie lag auf einer Parkwiese in einer lauen Sommernacht. Von weit her wehten ab und zu die Klänge einer Band und das Gänsegeschnatter einer Party zu ihr rüber. Sie hatte sich die Augen verbunden und einfach hingelegt.

Plötzlich sitzt ein Mann neben ihr und fängt an sie zu küssen und langsam ihr Kleid auszuziehen. Wegen ihrer verbundenen Augen hat sie keine Ahnung, wer da so zart ihre freigelegten Knospen küsst, und es ist ihr in dem Moment auch egal. Er streichelte ihren Körper, was sie sehr genoss. Sie öffnet ihre Beine und lässt ihn ohne Weiteres in sie dringen. Als sie im Traum glaubt zu kommen, löst sich der Fremde zwischen ihren Armen und Beinen auf wie eine Treppenstufe, die einen ins Leere treten lässt. In ihrem Rockschoß liegt seine teure Armbanduhr und tickt immer langsamer werdend. Irgendwie ist sie dann wieder auf der Party und sucht immer verzweifelter ihren fremden Liebhaber unter all den Gästen, die zwar immer ihre Uhr loben, aber ihr nicht sagen können oder wollen, wie man sie wieder aufzieht. Schreiend vor Verzweiflung versucht sie es alleine, aber ihre Finger sind aus Glas und brechen immer ab. Was die Gäste ihr anscheinend vorwerfen: Dabei ist es doch seine Uhr! Kurz bevor sie endgültig stehen blieb, wachte sie unendlich wütend auf.

Wieso der Fremde es dennoch auf ihre Liste schaffte, lag an der unendlichen Entlastung, die sie in dem Moment fühlte, als sie sich einfach blind hingab. Ohne jegliche Information über denjenigen eingeholt zu haben, dem sie Einlass gewährte. Sie gab sich ausschließlich ihrer eigenen Lust hin, ohne „Aber was dann?", ohne Evaluierung, ohne die Verantwortung einer Torwächterin über den Genpool einer gesamten Spezies. Nur sie und die Lust ihres eigenen Körpers.

Viele ihrer düstereren Phantasien, wie Leander sich ausdrückte, waren für sie ein Weg, zu diesem Gefühl zurückzugelangen. Anders als in ihrem frühen Traum konnte sie heute nicht so leicht die »Verantwortung« ignorieren. Klar, heute gibt es Kondome, und sie könnte genau wissen, wann sie fruchtbar ist, wenn sie ihrer eigenen Buchhaltung und der auch so soliden medizinischen Wissensbasis über ihren Körper ihr Leben anvertrauen wollte. „Heute führt gar kein Akt mehr zu ungewollten Folgen, Unfälle und Verbrechen mal ausgenommen", dachte sie.

Warum ficken wir dann nicht alle herum? Warum bemühen wir noch Staat und Kirche uns zu zwingen monogam zu leben? Zwei erwachsene Menschen entscheiden gemeinsam sich fortzupflanzen, dann sind auch beide verantwortlich für ihre Frucht, Gentest falls Zweifel bestehen. Eigentlich ganz einfach. Kinder brauchen nur glückliche feste Bezugspersonen, keinen Trauschein.

All den anderen Klimmbimm kann man doch mal bitte lassen. All die Besitzansprüche, die Eifersucht, die Ehrenmorde, das Verteufeln ihrer Lust und die öffentliche Schmähung ihres Verlangens, nicht die passiven Merkmale ihres erregten Körpers, nein, die sind geradezu immer gefordert, fake oder nicht, sondern ihre aktiven Handlungen und Entscheidungen, die aus diesem Verlangen heraus entstehen, werden als gesellschaftsgefährdent gefürchtet.

Kein Wunder: In einem patriarchalen System, wo die weit ungewissere Erbfolge gesellschaftlich relevant erhalten wird, ist die Beherrschung der weiblichen Lust geradezu zwingend.

„Aber vielleicht ist das Ganze ja auch viel älter als die Menschheit", dachte sie.

Das nächste nach ewigem Leben ist nun mal Fortpflanzung. Jedes Gen will seinen evolutionären Ast wachsen sehen. Die Frau pflanzt sich zwangsläufig mit jedem Ihrer befruchteten Eier fort. Der Mann braucht eine Frau, die sich für seinen Samen entscheidet, kann sich dafür aber, falls erfolgreich, häufiger in einem Zyklus fortpflanzen. In Spezies, die über lange Zeit gemeinsam die Brut aufziehen, gilt dieser Vorteil allerdings nicht mehr. Der Mann ist auf ähnlich gleiche lange Zeit gebunden. Bei dieser zeitlichen Investition muss er natürlich sicher sein, dass es tatsächlich seine Gene sind, die er da mühsam miternährt.

In vielen Arten werden die Würfel, sobald die Brut mal flügge oder das Kalb mit der Herde mitlaufen kann, neu geworfen. Das trifft auch auf uns Affen zu.

Was ja in meinem absoluten Interesse liegt. Nur auf einen einzelnen genetischen Mix alle meine Fortpflanzungshoffnung zu setzen, ist doch ein evolutionärer Schuss ins Knie!

Wenn jedes Paar nur ein Kind zusammen machen dürfte, jeder so viele er mag und kann natürlich, wäre die Menschheit bestimmt insgesamt gesünder. Vor allem in England und Utah.

„Echt jetzt, warum bloß hab' ich mir zwei Kinder vom gleichen Typen anschwatzen lassen?!", entfuhr es ihr halblaut.

„Was Mama?", fragten sie zwei süße, fast identische Gesichter.

„Ach nichts, kommt, wir spazieren mal da hinten in die Ecke!" „Da sind noch kleine versteckte Wiesen, kennt ihr die schon?"


Leander

So viel Angst vor Angriffen, wie er dort im Dunkeln kauernd, kurz vor Mitternacht hatte, so viel Verständnis, wenn er ehrlich war, brachte er für die ihm potentiell enthaltene Unschuldsvermutung auf.

Wenn er sich selbst Mitten in der Nacht im Park unter einem Busch lauernd auffinden würde: Er würde wahrscheinlich auch erst treten und dann fragen. Bei einer Frau würde er allerdings die Hand ausstrecken und fragen, ob er helfen kann.

Sich derart dem Kontrast zwischen seiner rapey Erscheinung und liebevollen Intention bewusst, war er erleichtert, als Lisa endlich die kleine, hoch umwachsene Wiese betrat.

Ein kurzes, vorne durchgeknöpftes, Sommerkleid und die Sandalen in der rechten Hand, stakste sie in die dunkle Wiese. In der Mitte lag ein Umschlag auf einer samtenen Augenbinde. Sie kniete sich davor und setzte sich auf ihre untergeschlagenen Beine.

Auf der festen Karte aus handgeschöpftem Papier schrieb Leander: „Ich habe Dir einen echten Matrosen gefunden. Er wird natürlich ein Kondom benutzen. Du kennst ihn nicht und du wirst ihn nie wiedersehen. Frag vorher nach „Erdbeereis", sonst kann ich für nichts garantieren. Viel Spaß, Leander."

Er sah, wie sie aufsprang und ein paar Meter lief, um dann, wie an einer inneren Entscheidung abgeprallt, zurück zur Augenbinde zu gehen. Sie band sie sich dicht über ihre Augen und legte sich mit ein kurzen Innehalten wie er es nur vom 10 Meter Brett kennt, entschieden mit dem Rücken ins Gras, Arme ausgestreckt, die Beine fest zusammen. Er rieb sich mit einem Parfümpröbchen ein. Eins, das zwar gut roch, er aber selbst nie benutzen würde. Dann verließ er endlich seine unwürdige Position unter dem Rhododendron.

Während er sich langsam näherte, hörte er auf die Geräusche, die sie wohl wahrnehmen würde. Jeden Schritt, jedes Schleifen seiner Schuhe an den zarten Spitzen des Grases musste ihren Fluchtinstinkt kitzeln. Jedes Geräusch Resonierte sichtbar mit ihrem Nervensystem.Angekommen, betrachtete er ihren schönen, vor seinen Füßen liegenden, bereiten Körper von allen Seiten, indem er einmal langsam um sie herumschritt. Ihre erregten Brustwarzen verrieten ihm, dass sie so vernünftig war, ohne Unterwäsche zu kommen. Er kniete sich wortlos neben ihren Kopf und näherte sich ganz langsam, so dass sein olfaktorisches Täuschungsmanöver Zeit bekam zu wirken: mit seinen Lippen den ihren. Mit der zartesten aller Berührungen trafen seine halb geöffneten Lippen auf ihre, als es ihren Körper anscheinend wie einen kleinen Blitz durchfuhr. Sein nächster leidenschaftlicherer Kuss wurde erst zögerlich, aber dann mit einer so gewaltigen Hingabe entgegnet, dass er kurz auf sich selbst eifersüchtig war. Er griff sie unter ihre Brust und presste sie leicht nach oben, während er mit ihrer Knospe zwischen Daumen und Fingern durch den dünnen Stoff spielte.

Während er sie weiter küsste, wobei er zwar versuchte, ein wenig anders als sonst, aber nicht schlechter zu küssen, knöpfte er ihr Kleid komplett bis zum unteren Ende auf. Eine kleine Bewegung und ihre wunderschön erregten Brüste und ihr emporgeregter Venushügel lagen „für den Fremden" bereit.

Mit breiter Hand strich er in einer langsamen, stetigen Bewegung über ihren Brustkorb, zwischen ihre Brüste, über ihren Bauch, über den „hill he would die on" zwischen ihre sich öffnenden Schenkel und drückte ihre geschwollenen äußeren Schamlippen fest in seine warme Hand. Dann teilte er sanft ihre Lippen mit seinem Mittelfinger und ergriff sie, mit zwei Fingern in ihr auf ihrer inneren „G-Fläche" und mit dem Daumen auf ihren Kitzler. Sie stieß mit ihrer Hüfte fester gegen seinen Finger, sich im Innern sowie außen am Kitzler wild in seinem festen Griff reibend. Er spürte, wie ihre Hände nach seinem Schoß tasteten, und half ihr mit dem Seil und den Knöpfen seiner groben Matrosenhose, durch deren Stoff sie seinen großen, harten Schwanz schon längst in Besitz nahm.

Als sie seinen Mast endlich ausgepackt hatte und ein Kondom überzog, zog sie ihn halb zu sich hin, halb kam sie mit ihren Hüften seiner entgegen. Sie schob ihre geschwollenen Schamlippen über seinen harten Schwanz, indem sie ihre Hüfte auf seinen Schoß schob. So tief in ihrer heißen, engen Höhle verankert hob er ihren Mund, mit seiner Hand in ihrem Nacken, hoch zu seinem. Während er sie küsste, spürte er, wie sie sich an seinem Schwanz auf und abrieb, und zum ersten Mal vernahm er einen Laut von ihr. Kein Wort weit entfernt, aber tausend Bücher könnten ihre Lust nicht besser beschreiben.
Irgendwann ließ sie sich nach hinten fallen und zog ihn an seinem großen Kragen auf sie, so dass er mit seinem gesamten Gewicht seines Oberkörpers auf

ihr lag. Ihre Beine umschlangen seine sie kräftig stoßende Hüfte, um bei jedem Stoß sich mehr in Richtung seiner Schwanzwurzel zu recken.

Wie eine Welle, so schien es, überspülte Lisa ein langer, ihren gesamten Körper erschütternder Orgasmus. Die Laute, die sie jetzt in den Park schrie und wimmerte, ließen sich noch weniger, trotz ihrer Eloquenz, in schnöde Worte fassen. Er fühlte sich so extrem sexy, als ihre Vagina unkontrolliert um seinen harten Schaft zuckte. Er genoss ihr hochrotes Gesicht und zitternden Körper, als sie ihn mit einem Tritt sanft, aber bestimmt von ihr stieß und glücklich, mit beiden Händen ihren Schoß festhaltend, sich zur Seite drehte und „Please go!" sagte. Sie war fertig und befriedigt. Der Fremde kann wohl jetzt verpuffen, so schien es Leander.

„Möchtest du vielleicht jetzt... Erdbeereis?" Fragte er mit einer tiefen, von tausend Wettern und Seeungeheuerkämpfen gegerbten Version seiner Stimme.

Lisa

„Oh Gott, das Passwort!", schrie sie auf.

„Swort?", fragte der Park dumm zurück, während sie sich instinktiv ihre Augenbinde runterriss.

Zum Glück sah sie, anstatt dem hiesigen Parkpenner, in Leanders amüsiertes Gesicht.

Jetzt war sie schon froh, dass er doch nicht einfach irgendjemanden über sie hat segeln lassen. Froh, aber trotz der wahrlich perfekten Illusion auch ein bisschen entäuscht.

Der Matrosenanzug stand ihm allerdings so gut, vor allem mit dem tief pupur zuckenden Kapitän, der aus seiner Hose salutierte, dass sie ihren „Fremden" sofort wieder auf sich zog. „Hello, Sailor!" Sagte sie in ihrer süßesten Jennifer Hart- Stimme.

Sie lagen später noch eine ganze Weile da und sie erzählte ihm von ihrem Traum. Sie genossen, nackt in der lauen Nacht zu liegen, bis näherndes Gelächter einer größeren Gruppe sie nach Hause scheuchte. An ihrer „Kreuzung der Ungerechtigkeit", dort, wo ihre Heimwege sich trennten, küsste sie ihren Matrosen nochmal tief und leidenschaftlich, um ihn auf Halbmast für die Nacht zurückzulassen.

Zuhause duschte sie und fiel schwer und zufrieden ins Bett. Diese Nacht träumte sie seit langem wieder von ihrem „Fremden" – nur lag sie auf einer großen Waffel auf einem wogenden Meer aus Erdbeereis und er war ein Kapitän mit lila Kapitänsmütze. Er rannte hektisch an den Rand der Waffel – so weit, dass sie ihn kaum mehr sehen konnte. Er suchte wohl etwas dahinter. Schließlich kam er, schwer einen prallen Seesack ziehend, zurück. Ihre beiden Jungs fielen ihr in den Schoß, als er ihn auf der verzweifelten Suche nach irgendetwas ausstopfte. Er packte ihre Schultern und schrie sie an, als hinge sein Leben davon ab: „What time is it, is it time already?" " Er tat ihr richtig Leid.

Ihre nächste Begegnung ließ eine Woche auf sich warten. Leander musste beruflich nach Paris und Lisa fuhr ohnehin mit den Kindern zu ihrem Vater nach Hamburg.

Am Freitag war sie dort auf eine Party eingeladen. Klar wird sie oft eingeladen, aber wie das halt ist: Arbeit, Kinder und dann abends wieder auf die Beine? Da fehlte ihr oft die Kraft.

Diesmal war es aber leicht, sich zu entscheiden. Barbara feierte ihren Geburtstag auf einer Yacht, der „GoodVibe"-DJ, Getränke bis zum Abwinken und die Kinder waren bei ihrem Vater zuhause.

Dresscode: „Das obligatorische kleine Schwarze". Hieß es in der Einladung. Von Höschen drunter stand da allerdings nichts, schmunzelte sie.

Als sie mit dem Taxi verspätet am Bootssteg ankam, wurde gerade die Landebrücke eingezogen. Doch hatte der Matrose ob ihres umwerfenden Anblicks sofort den Kapitän benachrichtigt und so kam sie dann doch noch an Bord. Natürlich war die Party schon in vollem Gange. Alle tanzten, tranken und unterhielten sich. Da Barbara eine reiche Freundin ihrer Tante war, war das Durchschnittsalter etwas über ihrem eigenen.

Sie wurde verschiedenen Leuten als Lisa, „die Kleine mit Köpfchen", vorgestellt. Was im Prinzip auch zutraf, aber sie trotzdem ärgerte. Wo fängt man nur da mit Smalltalk an? Barbara war immer schon unmöglich, aber ihre Partys waren voller interessanter Leute, auch wenn sie nie verstehen konnte, wie sie an die immer rankam. Künstler, Wissenschaftler, Musiker – eigentlich waren das immer die besten Feste, die sie erleben durfte.

Irgendwie war sie heute besonders aufgedreht. Sie flirtete mit allen und war in jedem Gespräch schneller als sonst in einer anzüglichen, lustvollen Doppeldeutigkeit verstrickt. Jeder schien sich heute in sie zu verlieben.

Die Getränke, das heiße Wetter und die Tatsache, dass sie kein Höschen trug, waren da wohl entscheidende Faktoren. „Fucktouren, hihi", blödelte sie mit sich selbst und war froh, dass sie ihre merkwürdige Lust an besonders flachen Witzen wieder für sich behalten konnte.

Auf dem Weg zur Toilette begegnete sie dem Matrosen wieder und zwinkerte ihm aus Übermut zu. Und weil er auch verdammt gut aussah, wie sie nun aus der Nähe feststellen musste. Auf dem Rückweg zur Party hielt er sie auf, indem er sich mit seinen breiten Schultern in den schmalen Gang stellte. „Wollen Sie mal was Umwerfendes sehen?", fragte er. „Ja klar, das sagen alle, und dann ist es doch nur was Umherstehendes", neckte sie ihn. „Nein, wirklich, kommen Sie mit, ich kenne mich hier auf dem Schiff aus wie sonst nur der Kapitän und, glauben Sie mir, ich bin ein besserer

Fremdenführer." „Na gut", zuckte sie mit den Schultern und ließ sich willig abführen.

Und tatsächlich, vom offenen Deck, außerhalb des Partyraumes, da wo Passagiere nicht hin dürfen, hatte man einen umwerfenden Blick auf das unter dem Boot dahin rauschende Wasser und den Horizont. Hier spürte sie die warme Sommerluft auf der Haut besonders.

Hier spürte sie auch besonders das kräftige Vibrieren der starken Motoren der Yacht. Sie unterhielten sich eine Weile, natürlich nicht ohne wieder in diese besagten Anzüglichkeiten abzugleiten, für die wohl heute einfach der Abend war. Es kribbelte jedes Mal in ihrem Bauch, wenn sich ihre Blicke trafen und für einen Moment sich nicht mehr trennen wollten. Ihr Matrose gefiel ihr ausnehmend gut, stellte sie fest. „Kennst Du Titanic?", fragte er sie und drehte sie an der Hüfte herum. Er breitete ihre Arme aus, so dass sie, ihn im Rücken, den Druck des Fahrtwinds auf ihrem gesamten Körper spürte. Dabei drückte er mit seinen Hüften von hinten langsam ihre Scham gegen die zentrale, als einzige vergoldete, Geländerstange des Bootes. Drückte so, dass sie die geballte Kraft der Vibrationen der zwei 5.000 PS starken Motoren auf ihrem Kitzler spürte. Erst wollte sie sich nichts anmerken lassen, würde sie doch bloß ihren Po weiter gegen seinen Schwanz drücken, wenn sie den Kontakt mit diesem größten und kräftigsten aller Vibratoren unterbrechen wollte.

Aber das Gestänge, nein das gesamte Schiff, so war sie sich schnell sicher, war wohl extra für diesen „Move" gebaut worden. Die Vibrationen des gesamten Schiffes bündelten sich nun genau auf ihrer Perle. Sie stellte sich kurz die dazugehörige Planungssitzung der Werft vor. Als sie versuchte, bevor sie hier tatsächlich mit diesem fremden Mann im Rücken zitternd in die Knie ging, ihren Kitzler von dem Gestänge zu lösen, stellte sie fest, dass sein eigenes nicht minder hartes sie sanft noch etwas fester in die Vibration drückte. Da war es um Sie endgültig geschehen. Ihre Lust überspülte sie hoffnungslos, und unwillkürlich griff sie hinter sich, öffnete seine Hose und ergriff seinen harten Schwanz. Lehnte sich wieder an diesen hervorragenden Vibrator, schob ihr Kleid über ihren blanken Po und flehte: „Bitte fick mich!" Jetzt! Hier! Hart! Bitte!". Ohne zu zögern drang er tief in ihre nasse, geschwollene Möse. Das Gefühl, so ausgefüllt zu sein und immer wieder gegen diesen 10.000 PS Vibrator an ihrer Perle gestoßen zu werden, brachte sie zu einem gewaltigen Orgasmus, der sie so überflutete, dass sie unbedingt mehr davon haben musste. Sie zog ihn näher an sich, tiefer in sich. Ohne den Kontakt zu einer der lieb gewordenen Gestänge zu verlieren, schrie sie ihre extatische Lust in den Wind.

Nachdem sie gefühlte tausend Mal gekommen war und erschöpft ihre geschwollene, zuckende Perle von ihrem neuen Lieblingsspielzeug trennte, hört sie einen frenetischen Jubel und Applaus durch die halb verspiegelten Scheiben des Partydecks.

Na, da hatte sie doch ihren Matrosen, dachte sie zufrieden, als sie hoch erhobenen Hauptes zurück zur Party ging und sich den Rest des Abends feiern ließ. Sie war auf einem Schiff, was sollte sie auch machen? Von Board springen?

## Leander

War die ganze Woche über bei einem großen Kunden in Paris (esa). Er war zuständig für die Gestaltung der Steuerungseinheit einer neuen Crewkapsel, die in 3 Monaten von Kourou, Französisch-Guyana, starten sollte. Lange Besprechungen, Tests, und dann viele kurze Besprechungen hinterher. Er war sehr müde. Eigentlich wollte er an seinem letzten Abend zeitig ins Hotelbett fallen, um früh den Flug zurück zu nehmen.

Er freute sich schon auf Lisa. Seine internationalen Kollegen hatten aber anderes für diesen Abend vor. Sie wollten feiern und ließen weder Nein, No, Ochi oder Njet gelten.

Also ließ er sich mitzerren. Das 30 köpfige Team war zu einer Fiesta im Guyanischen Konsulat geladen. Genau zwischen dem Arc de Triomphe und dem Tour Eiffel gelegen, konnte er sich gar nicht entscheiden, wie rum er auf der Dachterrasse in der lauen Nacht stehen wollte.

Nachdem der Botschafter seine verblüffend lange

und verblüffend leere Rede geendet hatte und alle mit vollem Glas und Tellern versorgt waren, entwickelte sich eine sehr enspannte Stimmung zu hintergründigen Klaviergeräuschen. Alle waren in Gespräche vertieft. Zu ihm an den Tisch setzte sich eine ausnehmend gutaussehende junge Frau. Eine ganze Weile starrte sie ihn stumm an, wie eine Schlange eine Maus, taxierend und begehrend gleichzeitig. „Monsieur, ich habe Sie schon von dort drüben eine Weile beobachtet", entließ sie ihn schließlich aus dem knisternden Schweigen. „Sie verzeihen, wenn ich direkt zur Sache komme, als Deutscher sollte ihnen das ja gefallen", setzte sie in ihrem süßen französischen Akzent nach. Sie offenbarte ihm, dass sie für einen besonderen Escort-Service arbeite, der reiche Frauen oder die reicher Diplomaten und Industriellen zu ihrer Klientel zählte. Ihr Service war es, ihre sexuellen Träume zu erfüllen. „Also, nicht ich", lachte sie, „ich arrangiere nur. Ich scoute nur diskret die nötigen Herren und sorge für den Ort, Securité und eine perfekte Umsetzung in allen Details." Oft werden „romantische Begegnungen" bestellt. Da gehe ich dann zu den Schauspielschulen, suche mir einen hübschen Gigolo heraus und erarbeite ein Drehbuch. Wenn die Dame entführt und von Muskelprotzen „vergewaltigt" werden möchte, gehe ich in Fitnessstudios und suche die mit dem meisten Verstand heraus.

Zu Anfang zumindest. Inzwischen haben wir schon eine ordentliche Kartei zuverlässiger Darsteller zusammen. Wir schulen natürlich alle anatomisch

und psychologisch für ihren Job.
Es boomt, kann ich nur sagen. „Es gibt ja so viel teure Langeweile zu ernten, hier in Paris." schwärmte sie.

„Und sie benötigen mich für was genau?" „Weder Gigolo noch Muskelprotz ist mir so direkt auf den Leib geschneidert." Gab Leander dem Partygag aus einer Laune heraus noch etwas Futter.

„Och, als Gigolo würde ich sie sofort casten. Kurz gesagt, mir ist der „Supervillian abgesprungen", hat eben aus dem Krankenhaus angerufen, Fahrradunfall, Arm gebrochen, I hate it!"
„Hm,hm, hmmm ‚Supervillian... da! Hoch gewachsen, gebildet, ausländische Sprache. Außer Englisch, Russisch und Französisch geht eigentlich alles.
„Deutsch, mal ehrlich, wäre absolut perfekt!", fing sie schon an, ihn zu briefen und einzuplanen.

„Ich verstehe sie noch immer nicht, ist das für einen Film oder sowas?", lachte er.

„Könnte man so sagen?" Aber einer, der nur einmal in nur einem Kopf gezeigt wird. Mehr wie ein Theaterstück, weil wir immer in Echtzeit operieren müssen. „Sehr aufwendig und sehr teuer."
„Wenn Sie mehr wissen wollen, brauche ich aber eine Unterschrift von Ihnen." NDA, Rollenbeschreibung, Versicherung und Kompensation", legte sie drei geklammerte mehrseitige Schriftstücke auf den Tisch.

„Okay, bisher dachte ich, das ist eine strange, aber nette Partykonversation." Ich dachte, sie wollen mich abschleppen oder sowas. Aber Verträge?

„Aber das möchte ich doch auch", legte sie ihre Hand auf seine. „Aber anders als Sie denken." Grinste sie ihn breit an. „Aber hier, fragen Sie Carlos, mit dem haben wir auch schon zusammengearbeitet." Carlos! rief sie ihn her.

Carlos war ein langjähriger Arbeitskollege von Leander auf diesem Esa-Job. Sie hatten schon so manche Tequillaflasche gemeinsam bezwungen und er schätze ihn darüber hinaus als zuverlässigen Ingenieur und nüchternen Wissenschaftler. Ein strahlender Carlos kam angetänzelt und rief von weitem schon. „Hostia, Nadine, guapa!" Oh, I see, nothing for me today?! fragte er entäuscht, als er die Verträge wieder zu erkennen schien. „Leander, amigo, these are the best papers I have ever signed." Super legit Company. I never thought something like this existed. What a sensual ride, man! Amigo, de verdad, kinky as hell, but worth it, hermano, worth it!

Nadine, me amor, please call me, if you need a loco Mexican or anything again, right? „Lachte er und packte Leander zum Abschied beneidend bei den Schultern." „Cabron, de verdad, just enjoy it and make a good job, will you?!"

Ok, ging er halt noch einen Schritt in dieses Rabbithole und überflog die Verträge. Sie waren überraschend präzise, transparent und auf gegenseitige Verschwiegenheit gemünzt. Er verpflichtete sich eigentlich nur für 5 Stunden, eine Rolle in einem Theaterstück zu übernehmen. Einzige

Folge eines Vertragsbruchs war anscheinend der Ausschluss aus der Kartei und damit kein Einsatz bei zukünftigen Aktivitäten mehr. Sie änderte noch den Namen mit Kugelschreiber und schob ihm alles wieder zurück. „Sie werden es nicht bereuen." Carlos deutete ihm von der anderen Seite der Dachterasse mit einer Kopfbewegung an, dass er unterschreiben solle, sonst würde er seine Achtung vor seinem Verstand neu evaluieren müssen.

Als er sich selbst zusah, wie er die Verträge unterzeichnete, fragte er: „Also nochmal, wozu benötigen sie mich genau?"

„Da ist diese junge Ehefrau eines alten russischen Zarenabkömmlings, die schon häufiger Gigolos gebucht hatte, keine Namen natürlich." Diesmal trat sie aber mit einem besonderen Traum an uns heran. Sie möchte mal entführt werden, um von einem ausländischen Superschurken und seinen Schergen gegen ihren Willen von allen Seiten benutzt zu werden. Sie ist sehr orthodox erzogen, so dass ihr die Opferrolle die Freiheit gibt, ihre Lust hemmungslos zu erleben. „Religionen, ts!" Es erinnerte ihn aber an Lisa.

„Aber kommen Sie, wir müssen noch runter zur Seine!" Sie fuhren eine kurze Strecke mit einem umherstehenden Mietwagen runter zum Fluss, um an einem Abgang unter eine Brücke zu halten. „Wir haben für heute Nacht hier im Brückensockel einen Wartungsraum der Stadt gemietet." „Zentral, dezent und schalldicht", zwinkerte sie im Zu. Als sie die halb fest gerostete Tür öffnete, flogen ihnen ein paar Fledermäuse entgegen. Rohe Betonwände mit der Struktur ihrer Holzverschalungen aus Guss. Geräumig wie eine kleine Turnhalle.

Staubig, dunkel und leer, bis auf drei Kartons, halb verdeckt von einer vor Jahren vergessenen Arbeiterjacke in der hintersten Ecke. Nicht sexy – war sein erster Eindruck.

„I'm in." „Go!" sprach sie in ein Walky-Talky.

„Hübsch ist das ja nicht hier", sagte Leander, während er ein Skelett einer beachtlichen Maus, eher Ratte, mit dem Fuß aus dem Weg schob. „Das soll es auch nicht, aber warte mal ab, komm mit raus, wir müssen hier sowieso aus dem Weg." In dem Moment, als sie den Raum verlassen hatten, sah er zwei schwarze Sprinter und zwei PKW anhalten. Über 10 Frauen und Männer, trugen Material, Requisiten und schwere Aluträger in diesen unscheinbaren Raum. Er hörte, wie gebohrt und gehämmert wurde. Wie bei einem echten Dreh wurden links und rechts des Eingangs Sichtbarrieren aufgestellt und der Zugang wurde weiträumig abgesperrt. Ein Wohnmobil nahm Position ein. Hinein gingen Männer und heraus kamen Schurken. Nach und nach verwandelte die Maske jeden in die Fantasie der Kundin.

Als er zwanzig Minuten später durch die gleiche rostige Tür ging, betrat er einen Folterkeller aller erster Güte. Die Wände waren mit grobem Natursteingemäuer bedruckten Stoffbahnen behangen. Fackelflackerten ringsum. Ketten und ein riesiger Metallrahmen, wie man ihn als Lichthalter von Rockkonzerten kennt, hing von der Decke. Ganz oben an der Wand, direkt unter der Decke, montierten Sie einen beleuchteten Kellerfensterrahmen. Plötzlich fühlte er sich wie 5 Meter tief unter der Erde. Die Illusion war perfekt. Vor der Tür bauten zwei Frauen einen Tisch mit Verpflegung für die Crew auf. „Das ist ja echt wie auf einem Dreh hier, staunte er." Sogar ein Sanitäter saß abseits und spielte auf seinem Smartphone.

Ihre Rolle ist nicht ganz einfach. Sie müssen böse, totale Macht ausstrahlen. Lust ist ihr nur gestattet, wenn Sie es anordnen. Strenge wird nicht durch Schreien oder Drohgebärden vermittelt, sondern durch „Strafen". Die meisten Strafen, die sie erhält, werden von den Bulls verabreicht. Sie dürfen natürlich auch selbst aktiv werden. Wäre schon gut, wenn zum Abschluss der Boss sie noch durchfickt, meinen sie nicht? „Muss aber auch nicht sein", fragte sie mit einem verschmitzten Lächeln und einem Blick auf die wachsende Ausbeulung seiner Hose. Wir haben alle einen Knopf im Ohr. Dadurch gebe ich Regieanweisungen. Hören, verstehen, und dann in Ruhe umsetzen! Wenn Sie es nochmal hören müssen, räuspern Sie sich einfach, kein Problem. Er bekam eine kurze Einführung in die verschiedenen Geräte und ihre Anwendungsmöglichkeiten. Nadine verlangte, dass er alles einmal körperlich selbst erfahren musste. Wie es ist, an den Handgelenken fixiert zu sein und wie sich die verschiedenen Schlaginstrumente auf nackter Haut anfühlten.

Eine halbe Stunde war nicht viel Zeit dafür. 3 Minuten davon hing er mit dick gepolsterten Handschellen an seinen Händen von der Decke, 3 weitere an den Füßen. Dann bekam er sein Kostüm. Einen schwarzen Smoking und eine venezianische Maske.

Ein paar Tipps von Nadine noch: Ich empfehle ihnen, keine Unterwäsche zu tragen. „Die Kostüme werden professionell gereinigt und ein Quickdraw kann mitunter von Vorteil sein." Dann kam auch schon die Meldung durchs Funkgerät, sie seien gleich an der Brücke.

Er hörte ein gewaltätiges Quitschen bremsener Reifen, eine Schiebetür rollte auf und eine zarte Frauengestalt, blind von einem schwarzen Stoffsack über ihrem Kopf, wurde von zwei Muskelhunks die steinernen Treppen heruntergezerrt. Wie ihr weißes Nachthemd, das nur noch an einer Schulter hing und eine ihrer erregten Brustwarzen freilegte, vermuten ließ, hatte sie schon im Lieferwagen eine Kostprobe von dem bekommen, was ihr noch bevorsteht. Ihr Schlüpfer hing ihr um die Fesseln und hinderte sie am Laufen. Er rutschte nicht über ihre bloßen Füße, da man ihr lederne Fußmanschetten um ihre Gelenke geschnallt hatte. Auch ihre Handgelenke waren von den gleichen unentrinnbaren Manschetten umschlossen, die er auch ausprobiert hatte. Recht bequem tatsächlich, selbst wenn das volle Körpergewicht dran hing. Ihre waren allerdings hinter ihrem Rücken miteinander verbunden worden. Sie wurde durch die Tür geschoben und nur Sie und die Darsteller verblieben mit Leander im Raum.

Die zwei Hunks zwangen sie, sich auf eine Matte am Boden zu knien.

Nadines Regieanweisungen wurden immer von einem unangenehmen Knacken in seinem Ohr angekündigt und beendet. „Krt, Sie haben sie entführen lassen, um Lösegeld von ihrem Ehemann zu erpressen." Sie wurde, neben anderen Tatsachen, auch damit schon im Wagen konfrontiert. Ich sage Luis jetzt, dass er ihr den Sack vom Kopf ziehen und sie am Nacken vornüber mit der Wange an den Boden pressen soll. Dann gehen Sie nah an ihr Ohr und sagen etwas Bedrohliches auf Deutsch: Sie versteht kein Wort, außer dem typischen Weltkriegsfilm „Vokabular". Viele betonte Konsonanten reichen schon. Krt"

Als sie von Luis entsprechend in Position gebracht wurde, nahm er alles, was er vom Improtheaterkurs damals behalten hatte, zusammen und sagte leise, mit einer fast zarten, aber hintergründig ultragewalttätigen Stimme: „Sieh an, wessen Fräulein wir hier geschnappt haben." Ist sogar noch teilweise im Nachthemd das gute Stück. Gut geschlafen, mein Fräulein? „Krt, das ist gut." Fragen Sie das nochmal, mit etwas mehr Druck. Sie hat zu antworten. Krt" „Ob Du gut geschlafen hast, habe ich dich gefragt!", sprach er jetzt deutlich lauter, ohne den Abstand zu ihrem Ohr zu reduzieren, und schlug ihr mit der flachen Hand dabei im Rhythmus auf die Wange. „Krt, Sie haben da ein echtes Talent!" Krt"

„Talk!", hörte er Luis ihr zuraunen.
Leander stand auf und rief, mit dem Ton eines selbstverliebten Diktators, langsam, als wäre es eine wirklich entscheidende Frage, wenn man nur Deutsch könnte: „Ich muss wohl... noch einmal fragen. Hasst... Du... gut... geschlafen..., mein..." er kam mit seinem maskierten Gesicht wieder ganz nah an ihres um ihr mit einer gespielten Ungeduld dabei tief in die Augen zu schauen,"... Fräulein?!" „Krt, mir schauerts. Krt".

Sie nickte eifrig, so gut es ihre Wange auf dem Boden und die Hand im Nacken zuließen, und sagte: „Da da, si, qui, yes, ja?" Ja,ja,ja. „Krt, das ist gut, sie folgt." Du kannst ihr etwas Wasser anbieten, nicht geben, erstmal nur anbieten. Krt"

Während er eine kleine Wasserflasche öffnete, sagte er: „Das... ist... gut so!" Möchtest du auch etwas Wasser? Dann sag nochmal so schön, „Jaa!". „Jaa, ja!", sagte sie, allerdings erst, als Luis' Hand sie fester zu Boden drückte. „Krt., das geht nicht, das muss schneller kommen." Wir bestrafen sie, spucken sie ihr Wasser ins Gesicht und prüfen sie mit ihren Fingern, wie feucht ihre Möse ist. Krt."
„Ähm", reusperte sich Leander. Sie jetzt tatsächlich und gar so intim zu berühren, erforderte etwas Überwindung. Zum Beispiel von allen erlernten

Grundregeln des intermenschlichen Anstands
Fremden gegenüber.

„Krt. Sie sollen mit ihren Fingern zwischen ihre
Schamlippen fahren und prüfen, ob sie feucht ist."
Wenn sie nett zu ihr sein wollen, reiben sie sie ein
bisschen mit den Fingern über ihren G-punkt. Sie ist
schon im Van ordentlich durchgenommen worden,
sie wird recht nass und notgeil sein. Greifen Sie ruhig
feste zu! Krt."

Nachdem er einen Mund voll in ihr Gesicht gespuckt
hatte, rief er, wie zu einem Publikum: „So, bist Du
wohl feucht genug, hä?" „Brauchst wohl kein Wasser
mehr, your face is wet, but let's see what else is!"
Luis schob ihr das Nachthemd auf den Rücken und
drückte sie noch etwas mehr ins Hohlkreuz, so dass
ihre geschollenen Schamlippen feucht zwischen
ihren Oberschenkeln hervorlugten. Luis schlug sie
zweimal mit einer Gerte von hinten auf die Schenkel
und schrie sie aus nächster Nähe an: „Listen to the
Boss, bitch!" Spread your fucking Knees! Now, slut!!"
Leander wusste, dass die Gerte zieht, was aber
eigentlich harmlos war.

Luis' Gertenspitze drängte sich zwischen ihre
Schenkel und schlug hart auf die empfindlichen
Innenseiten, bis sie endlich breit genug für ihn
standen. Mit einer Hand spreizte er ihre Pobacken
und Schamlippen auseinander und sagte „please,
boss." Leander sah eine aufgeblätterte durch und
durch feuchte Rose im Fackellicht glänzen, als er
Zeige- und Mittelfinger in sie stieß. Mit langsamen

71

Zügen rieb er in ihrem Innern: „So gut hast du also geschlafen?" You must have had a very nice dream, had you? " „No", she replied under a heavy breath. „They, they... fuckt m...", she tried to explain. „Oh, did they used you already in the Van?" Boys will be Boys – what do you gonna do?! Es scheint mir aber, du hast immer noch nicht genug. Willst Du mehr davon? Ob... Du.. mehr... davon... willst... frage... ich... Dich...!" mit jedem Wort stieß er sie in ihre fest um seine Finger greifende nasse Vagina. „Ja, Jaaa", flehte sie, ohne zu verstehen, worauf sie antwortete.

Das Gesicht in die Matte gedrückt, die Hände auf dem gestreckten Rücken verbunden und die Finger des Bosses von hinten tief in sie stoßend, schien sie tatsächlich zu kommen. Seine Finger wurden von ihren unkontrollierten Kontraktionen noch fester umschlungen. „Krt." Das haben wir 1:1 aus Ihrer Traumbeschreibung genommen. Sie wird es wiedererkannt haben. Wenn wir konkrete Bilder der Kundenphantasie treffen, triggert das immer ungemein. Volltreffer! Lösen Sie jetzt Ihre Handgelenke voneinander und befestigen Sie sie an Ihren Fußfesseln. Luis wird derweil dort hinten übernehmen. Krt."
„Lass es mich Dir etwas gemütlicher machen!" Mit einer Hand übernahm Leander fest ihren Nacken von Luis und mit der anderen löste er einen der Karabiner, mit dem ihre Manschetten verbunden waren, um ihren Arm nach hinten an ihre Fußmanschette zu führen und einzuhaken. „Davaj prodolzhim, bitch!", sagte Luis und brachte sich

hinter ihr in Position. Er stellte sich breitbeinig hinter sie und ging in die Knie, bis seine dicke Eichel anfing ihre Schamlippen auseinanderzudrücken. „Krt." Haben Sie Luis eben ohne Maske gesehen? Als Gigolo unmöglich einsetzbar, aber mit Maske hat er enorme Qualitäten, enorme! Sie soll selber ihre Hand zu ihrem Fuß bewegen. Befehlen Sie ihr das auf ihre charmante deutsche Art. Krt"

„Du bist doch ein kluges Mädchen?!" flüsterte Leander wieder ganz nahe an ihrem Ohr. „Was glaubst Du, was wohl jetzt mit der anderen Hand passieren soll, hm?" " Er nahm die Gerte, als sie nicht reagierte, und schlug plötzlich, mit jedem Wort lauter werdend und jeden Schlag fester als den davor, auf ihre freie Hand. „Where... is... your... stupid... Hand... supposed... to... be...? " Sofort ergriff sie die noch freie Fußmanschette. „Ja, ja, ja, at the feet, yes!" „Versuchte sie schnell ihm zu gehorchen." Er befestigte den Karabiner an dem angenähten Metallring und konnte nun ihren Nacken loslassen. „Willst du jetzt etwas Wasser?" „Frage er schon fast fürsorglich." „Krt." Werden Sie mal nicht schwach, ja? Entweder sie braucht Wasser oder sie wird mit der Verweigerung des Widerstandes gelassen, um Strafe zu liefern. Krt"
Sie drehte ihren Nacken hin und her, schaute ihm gerade in die Augen, so gut es so niedergebunden wie sie nunmal war, ging, und zischte, mit aller Verachtung, die ihre Augen im Stande waren, in ihrer Geilheit zu schleudern: „Fuck you! Asshole!"
„Krt." „Das heißt das bedeutet erstens, sie braucht

kein Wasser, und zweitens, sie spürt den dicken Luis an ihrem Eingang drücken und hofft auf eine fette Bestrafung." Wer zahlt, bestellt. Krt."

Leander lachte und nahm ihren gesamten Schopf in seine Faust, nahe am Schädel, so dass er ihren Kopf unter totaler Kontrolle hatte. Legte seinen Kopf zu ihrem auf die Matte, drehte ihr Gesicht zu ihm und brachte seine Augen ganz nahe vor ihre. „Du glaubst wohl hier ein Powerplay machen zu können, Prinzesschen?" Aber nicht mit mir! " „Njet, no, no", versuchte sie vergeblich, ihren Kopf zu schütteln. „Krt." Sie mag geküsst werden, auch orale Penetration, aber nur im Mundraum, nicht tiefer stoßen. Wenn sie den Mund nicht selbstständig öffnet, hat sie keine Lust dazu, dann machen Sie halt was anderes. Aber versuchen Sie es bitte, sie wird schon nicht beissen. Krt." „Tröstlich", erwiderte er.

Mit der freien Hand ergriff er eine Brust und zog ihren Oberkörper und Lippen daran zu seinen, zog mit der Zungenspitze ihre Lippen nach und sagte, tief in ihre Pupillen schauend, zu Luis: „Now, one stroke!"
Luis Bierdosendicker Prügel glitt in einer erbarmungslosen Bewegung tief in sie hinein.
Leander glaubte, die Dehnung ihrer Vaginalmuskeln in ihren sich weitenden Pupillen ablesen zu können.
Er spürte, wie sie versuchte, mit kleinen Hüftbewegungen sich an dem nun erstarrten Pfahl in ihrem Inneren zu reiben.

„Nein, nein, nein!" „If you come again, we have to double the ransom. Wir sind ja schließlich nicht zu Deinem Vergnügen hier!", log er. „Denk doch auch mal an deinen Husband." Endete er dann mit seiner besten „Sie geben mir leider keine Wahl"-Stimme. „Krt. Geben Sie Fiona den Schopf in die Hand, sie übernimmt kurz." Krt"

Er spürte eine zartgliedrige Frauenhand von hinten seinen Arm heruntergleiten, um seine Faust um ihre Haare zu ersetzen. Fiona trug auch eine Maske, war aber, bis auf Manschetten an den Gelenken, komplett nackt. Fiona setzte sich direkt vor ihren Kopf auf die Matte und hob ihren Mund auf ihre gespreizte Vulva. „Now, lick it!" „If she gets one, you get one free." Erklärte Leander ihr die ihm gerade diktierten Spielregeln. Er sah, wie sie sofort anfing, leidenschaftlich zu lecken und zu saugen, wo immer ihr Gesicht hingehalten wurde. Es tat offensichtlich seine Wirkung, wie er in Fionas Gesicht ablesen konnte. Fiona schaute ihm tief in die Augen, während sie sich in ihrer Lust quälte.

So wie die Geisel eingespannt war, begann Luis vorsichtig seinen harten Schwanz in ihr hin und her zu bewegen. Schneller und härter mit jedem neuen Stoß. „Krt, lassen Sie die mal eine Zeit so machen und treten etwas zurück, bitte." Krt"

In der Ekstase von ihr komplett unbemerkt legten zwei weitere Mitarbeiter ihr ein spezielles Tragegeschirr aus festen Lederriemen um Hüfte und Schultern. An allen Manschetten und an vier Stellen am Torsogeschirr wurden jetzt Stahlseile befestigt.

Die Seile führten zu Winden an dem großen, über ihnen hängenden, quadratischen Alugerüst. Sobald Fiona laut kam, gestand Leander seinem Opfer offiziell einen weiteren Orgasmus. Als er sah, dass die Geisel aber sofort ihre Augen schloß, um sich gänzlich dem enormen Reiben in ihrem Innern hinzugeben, sagte Leander: „Ich zähle bis zehn, und dann übernehme ich wieder die Kontrolle, Prinzessin." „Use your time wise!"

„Eins!" Die Hände und Füße wieder voneinander getrennt, nutzte sie die neu gewonnene Freiheit, um sich Luis Stößen fester entgegenzustellen. Seine kundige Hand an ihrer Klitoris ließ sie höher und höher steigen.

„Zwei…" Jeden Aufprall ihrer Hüften schien sie möglichst ungefedert empfangen zu wollen. Jeder Stoß schien durch ihren unerschütterbaren Körper fließend, vom Gebäude selbst absorbiert zu werden.

„Drei!" Immer lauter wurde ihr Stöhnen mit jeder Kollision. „Krt, sie kommt gleich, wir brechen bei vier ab." Treten Sie außerhalb des hängenden Metallrahmens, jetzt! Krt."

Leander nahm zwei gut bemessene Schritte zurück.

„Vier." In dem Moment erhob sich ein lautes Surren diverser Elektromotoren und alle Stahlseile spannten sich gleichzeitig, um sie nicht nur aufzuheben, sondern ihr alle Glieder gleichzeitig zu spreizen. So unvollendet zuckend von Luis Schwanz gerissen pulsierte ihre geschwollene Vulva unkontrolliert. Nun hing sie kopfüber, wie ein umgedrehter Jesus auf ein unsichtbares Kreuz gespannt, mit ihrem Gesicht auf Höhe Leanders. Er nahm sich einen langen, leidenschaftlichen Kuss von ihrem willigen Mund. Er schnippte einmal mit den Fingern und die Motoren positionierten surrend ihren Körper wie eine Marionette eine Rumpflänge weiter nach unten. Die nun vor ihm aufgespreizte pulsierende Vulva versah er mit einem ebenso innigen Kuss. Er saugte ihren Kitzler ein und leckte durch jede ihrer feuchten, geschwollenen Falten. Wie er ganz vertieft in seinem kulinarischen Genuss ihrer Lust schwelgte. Merkte er plötzlich, dass ihr Mund durch seinen Hosenstoff hindurch nach seinem deutlich erkennbaren Schwanz vor ihrem Gesicht schnappte. In dem Moment, als er seine Latte dankbar aus der eng gewordenen Behausung schnellen ließ, spürte er schon ihren heißen engen Mund gierig an seiner Eichel saugen. Nach einer Weile schnippte er wieder mit den Fingern und die Motoren drehten sie herum und brachten ihre Schamlippen dort hin, wo eben noch ihr Gesicht war. Sie lag im Geschirr wie auf einem Sexschaukel mit weit gespreizten Beinen, alle Öffnungen für jeden zugänglich. „Krt." Kein Anal, wir haben sie schließlich überrascht. Am Schließmuskel spielen geht. Krt."

Leander legte seine pochende Eichel direkt auf ihren nassen Eingang, nahm ihre Brustwarzen zwischen die Finger und hielt sie daran, gegen seinen stoßenden, harten Schwanz, fest. Langsam kippte ihr Oberkörper weiter nach hinten, so dass ihr Kopf auf Höhe ihrer Hüfte hing.

„Krt. Kennen Sie Rundlauf? Krt."

Drei weitere Masken-Hunks traten aus der Dunkelheit mit ihren prallen Prügeln und fanden sich an ihrem Kopfende ein. Die drei ihr hingestreckten Eicheln leckte und saugte sie gierig nacheinander – oder auch gleichzeitig, bis sich einer von ihnen zur anderen Seite bewegte. Leander gab seine Position frei, um mit etwas Abstand diese Traumszene zu betrachten.

Ein vor Lust zuckender Körper, frei im Raum schwebend, nur von pochenden Pfählen immer wieder in Position gestoßen. „Krt." Was für ein tolles Bild, nicht wahr? Krt." Leander rieb sich unbewusst seine aufgeregte Rute. „Krt." Ich sehe schon, das Nächste wird hart für sie, Leander. Wir lassen Sie jetzt noch ein paar Mal kommen und dann kommt die Auflösung. Zählen Sie mit, beim fünften Knall lassen Sie sich zu Boden fallen. Krt." „ähem, was?" „Krt." Sie werden schon sehen, spielen Sie einfach mit. Sie sterben jetzt. Krt"

Als die zarte Geisel, weiter von Schwanz zu Schwanz gereicht, zuckend und stöhnend in einen scheinbaren Dauerorgasmus abglitt, schlug plötzlich die Außentür mit einem lauten Geschepper auf und ein älterer Mann in einem maßgeschneiderten James-Bond-Anzug und einer Pumpgun im Arm erstürmte den Raum und schoss unter lautem Geschrei Luis und Fiona in die Brust. Beide fielen sofort zu Boden. „Ya Spasu tebya", rief er und „Take this, you sick bastards!" »I kill you all.« Er erschoss zwei weiter Hunks, die sich noch teilweise in seiner

78

Frau befanden, und drehte sich dann endlich Leander zu. „Otpustite ihn!" „Let her go, now!"

"Krt. Zeigen Sie deutliche Angst vor ihm, Sie haben hier den Helden des Abends vor sich. Sie können gerne vergeblich um ihr Leben betteln, das gibt dem alten Herrn einen umso besseren Abend. Aber übertreiben Sie es nicht. Wenn Sie nochmal schnippen, wird sie abgelassen. Krt."

„Wie haben Sie uns gefunden?" Ich dachte, ich hatte diesmal an alles gedacht. Verdammt, alter Mann! Sie sind mir einfach über. „Na gut, sie haben gewonnen. Ich lasse sie frei, wenn sie mich am Leben lassen."

So schnippte er mit den Fingern und die völlig erschöpfte Geisel sank zurück auf die Matte. Unser Held sprang seiner Frau sofort bei, um ihre Manschetten zu lösen. „Krt." Springen Sie jetzt auf und laufen schreiend auf ihn zu, um sich erschießen zu lassen. Los! Krt." Leander sprang auf, rannte auf die beiden zu, sprang über die umherliegende Körper und schrie: „Verecke Elender!" Auf den letzten Metern sackte er beim fünften Knall dramatisch röchelnd vor des Helden Füßen zusammen. „Viel... Freude... noch... zusammen!", stöhnte er seine letzten, für sie unverständlichen Worte.
Im Liegen sah er noch, wie die beiden auf einer kleinen, hell erleuchteten Yacht, die unter der Brücke wartete, das Weite suchten.
„Krt, das haben sie so toll gemacht!" Ehrlich! Krt. Krt. Gut, alle zusammenpacken, es ist spät geworden.

Krt."

Genauso professionell und schnell wie die Installation ging nun die geschäftige Deinstallation von statten. Nadine nahm ihn beiseite und führte ihn in ein bereitstehendes Wohnmobil. „Und haben Sie immer noch diesen beachtlichen Schwanz irgendwo?" „Frage sie, während sie sich ihre Frage mit einem beherzten Griff selbst beantwortete." „Oh ja, und was für einen!", flüsterte sie ihm ins Ohr. Normalerweise muss ich mich nach so etwas unbedingt selbst befriedigen, um überhaupt wieder klar arbeiten zu können, aber... „Rieb sie mit festem Griff seine zarte Haut um seine harte Stange auf und ab." Leander fiel mit dem animalischten Stöhnen über sie her, das er je von sich gehört hatte. Nadine führte seinen Schwanz direkt unter ihren kurzen Rock und zwischen ihre schlüpferlosen, gespreizten Beine. „Ich bin nass, seitdem ich Sie auf der Dachterrasse angesprochen habe." Bitte, ich halte es jetzt wirklich nicht mehr aus. Ficken Sie mich bitte! „Ganz ganz hart und tief!", flehte sie Leander an. Nachdem das heftige Geschaukel des Trailers abebte, ging kurz danach die Tür auf und sie machten den anderen Darstellern Platz, sich auch umzuziehen. Von den erneuten Schwankungen des Wohnmobils und den spitzen Schreien der Lust zu schließen, hatte Fiona an den drei absolut untoten Hunks auch noch viel abzuarbeiten.

„Also, Herr Leander, hier ist meine Karte, ich schicke Ihnen den Vertrag und die 3000,– Euro morgen zu." Es war mir eine echte Freude! Sie haben mir wirklich aus der Patsche geholfen. Sie haben was Gutes bei mir. „Guten Flug morgen früh, also, ich meine gleich."

Total übermüdet und mit einem seligen Lächeln auf den Lippen fiel er auf dem Heimflug in einen tiefen Schlaf. Nur ein paar Mal noch schreckte er kurz auf und griff sich ans Ohr, wenn er dachte, wieder ein „Krt." zu hören. Sein Hirn fand das wohl alles sehr erregend.


Lisa

„Vielleicht sind wir sogar gleichzeitig gekommen!", lachte sie.

Dass Leander auch ein sexuelles Abenteuer erlebt hatte, entspannte sie irgendwie, ließ sie aber auch extrem neidisch auf diese Geisel werden. Reich müsste man sein!
Dass ihre beiden Erlebnisse geradezu simultan am gleichen Freitagabend passierten, schien sie sogar noch leichter miteinander teilbar zu machen.
Auf einer Dimension waren sie ganz nahe beisammen, lediglich getrennt von eineinhalb Ländern in den restlichen dreien.

Wie sie anfing seinem Bericht zu lauschen, musste sie sich schon bei dem Gedanken daran, dass es solch einen Service überhaupt gibt, mit einem kleinen Stöhnen ihre schnell anschwillenden Schamlippen und sprießenden Knospen festhalten. Was für ein Job! Was für ein Dienst! Sie musste aufpassen,

gedanklich nicht in ihre eigene „Bestellung"
abzugleiten.

Jedenfalls schien es Leander kurz zu irritieren, dass
sie sich, einem Impuls folgend, aufs Sofa setzte, ihre
gespreizten Beine auf die Sitzfläche stellte und ihre
von ihrem Kleid bar gelegte Vulva rieb und presste,
als schaue sie eins ihrer Filmchen. Als Leander
anstand, zu ihr rüberzukommen, sagte sie: „Nein,
warte!" Erzähle du zuerst deine Geschichte, und
während ich meine erzähle, will ich dir auf dem Sofa
zuschauen.

Sie kam mehrere Male. Zum Schluss nochmal heftig
bei der Vorstellung, wie Fiona die drei heißen, noch
unbefriedigten Bullen ausritt. Aber einmal nur solch
eine surrende Marionette der Lust zu sein, von
unsichtbarer Hand in den Raum gespannt? Das Bild
wird ihr, erlebt oder nicht, für immer bleiben.


Sie rutschte etwas zur Seite und deutete ihm, sich
neben sie zu setzen. Während sie weiter mit ihren
Fingern an sich herumspielte, erzählte sie von ihrer
Party-Odyssee mit dem 30-t-Vibrator und ihrem
Matrosen mit seinem Mast. Sie genoss zu sehen, wie
Leanders starke Hand mit festem Griff an seinem
adrigen, dicken Schwanz auf und ab fuhr. Sie stellte
sich kurz vor, wie es wäre, wenn ihre Fotze, anstelle
seiner Hand, ihn so fest ergriff und mit langen Zügen
fickte. „Und als ich das erste Mal kam, wollte ich mich
schon lösen, aber seine Hüfte hat mich einfach
zurückgedrückt." „Und dann … Dann habe ich einfach
seinen Schwanz ausgepackt… und… ihn… in… mich…
gleiten… lassen." Sagte sie, während sie Schritt für

Schritt seinen Schoß erklomm und, simultan zu ihren Worten, ihn sich einverleibte. So hervorragend veranschaulichend, bewunderte sie zwar ihr eigenes didaktisches Talent, fand es aber auch schwer, sich auf einen nachvollziehbaren Handlungsstrang zu konzentrieren. Sie sah an seinem Gesicht deutlich, dass ihn das überhaupt nicht störte. Sie streckte die Geschichte so lang, bis sie beide erschöpft ineinander fielen. Erst dann erwähnte sie das halb verspiegelte Aussichtsfenster. Sie lachten beide, und Leander sagte schließlich: „Hut ab, das war stark von Dir, wieder zurück auf die Party zu gehen." „Im Gegenteil, das oder von Board springen." „Du kannst Dir denken, was für eine Party das noch war." Denn als sie zurück in den Partyraum kam, sah sie schon die ein oder andere Damenhand fleißig im Schoß des Partners auf und ab tanzen. Einige Brüsten waren freigelegt und von Herren liebkost und massiert. Da sie auf die andere Seite der ehemals reinen „Tanzfläche" zu Barbara und zu ihrem Drink wollte, musste sie mitten durch die erregte Gästeschar, die ihr alle für ihre „Show" beglückwünschen wollten. Sie wollte eigentlich nur eben rüber tanzen, aber gleich am Rand der vollen Tanzfläche hob sie ein großer Mann mit ihrer noch feuchten Möse einfach rittlings auf seinen harten Prängel und sagte: „Komm Mädschen, wir tanzen Dich rüber!" Während er mit ihr auf der Hüfte und teilweise in ihr schunkelte, gesellte sich ein anderer Tänzer zu den beiden dazu. Sie spürte, wie erst sein Finger und dann sein Schwanz von hinten in ihren Po drang. Starke Arme ergriffen ihre Kniekehlen von hinten und hoben sie, nun an drei Punkten fest gelagert, von dem Schwanz tief in ihrer Vagina, um sich tanzend umzudrehen und ihre nasse, noch offene Höhle auf den nächsten erigierten Penis zu schieben. Gänzlich übergeben, spürte sie, wie der Schwanz in ihrem Po noch ein paar Mal zum Abschied zustieß und sich dann zuckend verabschiedete. Nur, um bei der nächsten halben Drehung Ihres jetzigen frontal tragenden „Tanzpartners" den nächsten Eindringling, nun gut gleitend, begrüßen zu dürfen. So wurde sie unter den wild tanzenden Gästen herumgereicht. Nicht immer waren die Herren so diszipliniert sich mit ihren Löchern abzuwechseln  bis sie, viele Lieder später, an der gegenüberliegenden Seite glücklich erschöpft und etwas überregt, nahe bei ihrem Drink auf weiche Knie abgesetzt wurde. „Ich glaube, ich habe an dem Abend wirklich mit allen getanzt.", sagte sie nur. „Ich habe Dich vermisst", sagte sie, was sie aber direkt wieder korrigieren musste, weil es so einfach nicht stimmte. „Nein, ich habe an dem ganzen Abend eigentlich überhaupt nicht an Dich gedacht, nicht einen Augenblick." „Ich merke jetzt nur: Ich würde es gerne mit Dir teilen können, als wärst Du dabei gewesen." „Das ist vielleicht der Hauptgrund, warum Paare immer alles zusammen machen wollen." „Jede Einzelaktion erschafft etwas Trennendes zwischen ihnen, an das sie sich nie gemeinsam werden erinnern können.", spekulierte Leander. „Dafür haben wir doch die Kommunikation.", entgegnete sie. „Ich kann Dir sogar beschreiben, was ich gefühlt habe, das müsste ich, selbst wenn Du dabei gewesen wärst." Nein, nur so können wir die gleiche, also meine oder Deine, Erfahrung teilen. „Sonst haben wir immer zwei, zum Teil sehr unterschiedliche Varianten einer Situation und denken zeitlebens, wir sprechen von der gleichen Sache." Was werden wohl unsere nächsten Experimente sein? „Wo ist eigentlich Deine Liste, hm?!" „Ah, die habe ich in Paris gemacht, allerdings vor dem besagten Freitag." Fiel mir echt nicht leicht, muss ich zugeben. „Na, Du wirst sehen." Er legte das gefaltete Blatt mit ihrer Liste auf der Unterseite auf den Tisch. Leanders Abenteuerliste Sie Las die etwas größeren Buchstaben oben am oberen Rand. „Nummer eins: Ffm, Klammer auf, bi, Fragenzeichen, Klammer zu." las sie laut vor. Sie mochte den leicht unbequemen, aber tapferen Gesichtsausdruck, den Leander aufsetzte. „So so, da haben wir doch schon mal ein Match!", blinzelte sie ihn über die Blattkante verführerisch an. „Hast Du schon eine Idee, wer die andere Frau sein soll?" Ich wüsste jedenfalls schon eine, die Dir bestimmt gefallen wird. „Mir sowieso!" Vor einem halben Jahr hatte sie ihre erste richtige lesbische Erfahrung gemacht. Sie zählte die Male wo sie auf einer Party ihre Freundin geküsst hatte, um die Jungs aufzugeilen nicht dazu. Auch wenn ihr die zarten Glieder, die sanfte Haut und die weichen Lippen sehr gefallen haben, war es immer nur ein Spaß. An dem Tag war es aber was ganz anderes. Sie legte sich, ein paar Meter von ihr entfernt, mit ihrem großen Badetuch in die Sonne und lächelt herüber: „Wenn ihnen das zu nah ist, rutsch gerne noch ein bisschen, gar kein Problem." Das war genau die Mischung von höflicher Direktheit, die ihr immer imponierte. Ich nehme an es könnte ihnen zu nahe sein, aber anstatt mich direkt weiter wegzusetzen, vordere ich Sie auf, meine Annahme mit ihrer Realität zu vergleichen und gebe ihnen die Option zur Anpassung. Ob sich das Gegenüber traut, die Wahrheit zu sagen, liegt nicht mehr an ihm. „Nein, gar nicht, im Gegenteil." Hörte Lisa sich sagen. Verdammt, was sollte das denn heißen? Rutschen Sie bitte noch näher? Vielleicht brach sich da aber eine Bewunderung Bahn, die sich neben ihrer Art auch auf ihren gesamten Körper erstreckte. Fest und fast muskulös war ihr sportlicher, natur brauner Körper. Der flache Bauch zeigte ein dezentes Sixpack, wann immer sie ihren Kopf oder Oberkörper im Liegen anhob. Ein Gesicht wie eine Flamencotänzerin. Stolz, erhaben und unendlich anmutig. Ihre langen schwarzen Haare, mit einem Gummi nach hinten gebunden, flossen über ihr Schlüsselbein und berührte mit den Spitzen ihre kleinen festen Brüste. Ihr Körper war pure Strenge, aber jeder seiner Bewegungen versprühte eine anmutige Sinnlichkeit wie es nur der Tanz einem Körper geben kann. „Sind Sie Tänzerin?" Brach sie den für sie peinlichen, aber für diese Frau offensichtlich belustigenden, viel zu langen Blickkontakt, der sich aus ihrer Antwort ergab. „Ich meine nur, sie sind so schön und haben so einen tollen Körper und ihre Bewegungen... „ ‚plapperte sie einfach los und konnte zum ersten Mal, mit Schrecken, verstehen, warum Männer in ihrer Anwesenheit immer so dümmlich und unsicher wirkten. Sie wollte sich, wie Leander es sagte, einfach an ihr reiben. Das überschrieb gerade alles.

„Ja, richtig, ich bin Tänzerin, hauptsächlich Ballett, aber auch Paartanz in internationalen Wettbewerben." „Danke für das Kompliment, ich heiße Vivien", streckte sie ihre zarte Hand aus. Lisa rutschte ein beträchtliches Stück mit ihrem kleinen Handtuch an sie heran, um ihre Hand zu ergreifen. „Lisa", sagte sie, so eloquent sie konnte. „Und sie machen Voiceover oder sind Sprecherin oder sowas?" „Wenn nicht, liegt da eine Karriere brach.", setzte sie viel zu schnell hinzu, Nein, aber ich singe manchmal. „Nochmal danke, so langsam machst Du mich echt verlegen. Wenn Du ein Mann wärst, würde ich eine Anmache wittern", sagte sie, während sie mit ihrem Gesicht immer näher an Lisas schwebte. „Machst Du mich gerade an?", schmunzelte sie tief in ihre Augen. „Ich... nein... also... NEIN! Absolut nicht!", versuchte sie sie, oder besser, sich selbst zu überzeugen. Während des erneut folgenden stillen Blickkontakts schwand aber auch diesbezüglich ihre eigene Überzeugung. Vivien schien so gar nicht überzeugt, eher entdeckte sie ein geschmeicheltes Lächeln, um ihre Mundwinkel zu spielen. „Ich muss aber sagen... Nein, ich möchte Dir sagen, dass ich so etwas noch nie gefühlt habe." Ich fühle mich total von dir angezogen, nicht nur körperlich, aber eben auch absolut körperlich. Das kenne ich bei Frauen gar nicht von mir. Bitte entschuldige, ich bin voll aufdringlich. Wow!" Vivien antwortete mit ihrer streichelnden Stimme: „Ich kenne das schon von mir und, um ganz ehrlich zu sein, spüre ich das bei Dir auch." Darum empfinde ich das überhaupt nicht als aufdringlich, eher als erfrischend ehrlich und absolut erregend. Hast Du noch nie eine Frau geküsst, ich meine, so richtig? " „So wie einen Mann noch nie," gestand Lisa. „Ich meine nicht wie einen Mann, sondern wie eine Frau?", hauchte sie und nahm Lisas Kopf in beiden Hände. Viviens volle Lippen nahmen zuerst ihre Oberlippe zart zwischen sich, um ihre Lippen mit sanftem Zug zu öffnen. Ihre Zungenspitze fuhr langsam durch die sich feucht öffnende Spalte und ganz langsam rieb mehr und mehr Lippe an Lippe. Ihre Zunge drang, ganz ohne Druck, Strich für Strich, immer tiefer in ihren Mund. Ihre eigene Zunge begrüßte sie mit der zartesten Spitze, die sie zu formen imstande war. So umeinander tänzelnd verschmolzen ihre Zungen immer mehr ineinander. Lisa spürte ein Kribbeln im Bauch, das bis tief zwischen ihren Schenkel zog. Viviens rechte Hand löste sich von ihrer Wange, um mit Geschick in ihr linkes Bikinioberteil zu schlüpfen und ihre nackte Brust zu halten. Es war wie eine elektrische Verbindung zwischen ihrer Zungenspitze und ihrer, zwischen Viviens schlanken Fingern rollenden Brustwarze. Lisa war nicht überrascht, dass eine Frau wusste, wie eine Brust zu behandeln sei. Jeder Griff war, wie wenn sie sich selbst anfasst würde, nur mit anderen Händen irgendwie. Ihr Körper zerriss jedes Mal, wenn ihre Knospe gedrückt und sie gleichzeitig in die Unterlippe gebissen wurde. Wie gerne würde sie sich die Bikinihose abstreifen oder einfach zur Seite nehmen und sich wie eine kleine Hündin an ihrem anmutigen Oberschenkel reiben, ihre harten kleinen Nippel zwischen ihre Lippen tauchen und sie mit der Zunge im Mund umher scheuchen, bis sie ganz groß und hart sind. Stattdessen machte sie den Kardinalfehler. Sie öffnete die Augen, um zu sehen, ob sie beobachtet würden. Eine Gruppe kleiner Jungs, um die 14–16 Jahre, saßen in einem kleinen Schlauchboot, viel zu wenige Meter entfernt auf dem Badesee, und starrten mit offenen Mündern und glasigen Augen regungslos zu ihnen herüber. Als sich ihre Blicke trafen und Vivien ihnen einen Kussmund zuwarf, ließen sich alle jaulend vom Boot fallen und die zwei lachten, während sie ihre Sachen packten und flohen. „Komm, wir fahren zu mir, mein Auto ist gleich dort drüber", schlug Vivien vor, als sie ein paar Meter gegangen sind. „Ich fahre Dich auch wieder zurück, sagte sie, als Lisa ihren Fahrradhelm hochhob." Sie stiegen in ihren Porsche Carrera Cabrio, metallisch glänzendes, tief goldiges Braun. Ein paar Stufen dunkler als ihre Haut, aber der exakt gleiche Ton. Sobald Lisa mit ihrem Bikini in dem ledernen Schalensitz saß, tobte Vivien mit ihren 500 PS los. Es war eine kurze Fahrt und sie endete in einem, mit feinem Kies ausgelegten, Wendekreis vor einer imposanten Villa. „Mein Mann ist hauptberuflich Erbe, aber den Porsche habe ich selbst bezahlt." Erklärte sie ihre glücklichen Umstände, während sie zum Eingang gingen. Bevor sie die große, hohe Tür erreichten, wurde sie von einem jungen Dienstmädchen geöffnet. Man sah ihr ihre hoffende Erregung ins Gesicht geschrieben, jedes Mal, wenn Vivian sich ihr zuwandte. Aber ein höfliches „Dankeschön" und die bestimmte Ansage, sie wolle jetzt im Spa alleine sein, bekam sie heute wohl nicht von ihr. Sobald sie alleine im Foyer waren, sahen sie sich tief in die Augen. Vivian zog Lisas Bikinioberteil auf der einen Seite herunter und legte so ihre Brust frei. Sie nahm ihren aufgerichteten Nippel zwischen Daumen und Zeigefinger, zog sie daran an sich heran und gab ihr erneut einen tiefen und leidenschaftlichen Kuss. An dieser kürzesten aller Leinen führte sie dann Lisa durchs Haus. „Komm, ich zeige Dir auch die Sauna und den Whirlpool." Als die Tür zu dem großzügigen Spa-Bereich hinter ihnen zufiel, griff Vivien zwischen Lisas Beine, zog ihr Höschen zur Seite und drang mit zwei Fingern in ihre feuchte Spalte, den Daumen auf ihren Kitzler. So direkt an ihrem Zentrum gepackt, die Brustwarze tief in Viviens Mund gesogen, entstand wieder diese elektrische Band, diesmal zwischen ihrer Brust und Scheide. Sie fühlte sich in ihrem körperlichen Verlangen verstanden wie noch nie. Genau so brauchte sie es jetzt und Vivian wusste das ganz genau. Die Begierde dieser Fleisch gewordenen „Wonderwoman" schmeichelte ihr zudem und ließ sie sich selbst noch mehr genießen. Lisa spreizte ihre immer weicher werdenden Knie und sank auf die Fliesen, auf denen sie gerade stand. Vivians fester Griff an ihren G-Punkt und Kitzler, die reibenden Fingerkuppen, in denen sie sich nun am Boden liegend kreiste, und Vivians Zunge in ihrem Mund, ließen sie an den Rand ihres Orgasmus schnellen. Das weckte ihre Arme und Hände, die bisher einfach keine Rechkapazität abbekommen hatten. Sie rissen Vivian den Bikini vom Leib und fingen an, sie überall zu streicheln, zu greifen und zu drücken. Vivian tauchte ihren Kopf zwischen Lisas Schenkel und fing an, ihre Kitzlerspitze einzusaugen und mit der rauen Zunge zu streichen. Die Expertenarbeit ihrer Finger unverändert verrichten lassend, biss, sog und strich sie mit der Zunge über ihre gesamte Vulva. Lisa sah die geschwollenen, feucht glänzenden Schamlippen und Vivians Poloch ihr zugewandt. Vivians andere Hand kam plötzlich zwischen ihren Schenkel hervor, teilte ihre Schamlippen und rieb ihre unheimlich nasse Lust über ihr gesamtes Geschlecht und über das Poloch. „Nimm mich!", hörte sie Vivian dumpf. Mit einer Bewegung ließ sie ihren Daumen in ihre Vagina und ihren Mittelfinger in ihren Po gleiten. Unter Vivians Stöhnen führte Lisa ihre Hüfte und Kitzler, dermaßen vornehm gegriffen, direkt auf ihren Mund. Vier Lippen, so innig aufeinander gepresst, fingen bald an, einander zu spiegeln und zu führen. Wenn Lisa Vivians Perle einsog, so sog sie gleichermaßen Vivians Mund an ihrer. Wie ein Tanz führte mal die eine, mal die andere, bis beiden wussten, wie sie es am liebsten mochten, und Lisa zumindest viel Neues über sich gelernt hatte. In ihrem lauten und von schüttelnden Krämpfen begleiteten Orgasmus rieb Vivien ihre geschwollene, zuckende und tropfnasse Möse feste über Lisas Mund und gesamtem Gesicht und versuchte Lisas hart herausgestreckte Zunge zu ficken. Vivian hob schließlich ihre Hüfte und ging langsam auf alle viere. Sie küsste Lisa alle paar Zentimeter auf dem ganzen langen Weg über Venushügel, Bauch, Brust, Hals und Kinn, bis sich schließlich wieder ihre Münder in einem umgekehrten Kuss direkt liebkosen

konnten. „Ich habe Durst, ich hole uns Wasser!",
stand Vivian auf und ging zu einem einzelnen kleinen
goldenen Knopf, der in den Marmor der Wand neben
der Spa-Tür eingelassen war. „Liebes, bringst Du uns
beiden bitte Wasser runter?" Und vielleicht ein paar
Früchte?", nickte sie Lisa zu. „Danke, wir sind gleich
in der Sauna!" Sie hatte einfach den Knopf gedrückt
und losgesprochen. Sie wendete sich keinem Panel
oder Mikrophon zu, da war ja auch keins. Sie hielt
während der Bestellung die ganze Zeit Augenkontakt
mit Lisa. Nur ein schmaler, äußerer Ring um den
Knopf leuchtete auf, während sie ihn hielt und
sprach. Dieses fast unsichtbare Interface stach
inmitten dieser großzügigen, mit Gold und Marmor
gefliesten Saunalandschaft für Lisa als Gipfel des
Luxus heraus. „Hast Du Lust?" „Die müsste jetzt heiß
sein." Sie half ihr vom Boden hoch und sagte: „Aber
erst zeige ich Dir noch was, wenn du Lust hast,
komm, das ist erfrischend." Sie ging mit Lisa an der
Hand auf ein Sprungbrett über einen großen Pool,
stellte sie beide zueinander gewandt auf und
umarmte sie mit beiden Armen fest, sodass ihre
beiden Körpervorderseiten, die nackten Brüste, die
Bäuche, die Venushügel, fest aufeinander gepresst
waren. „Umarme mich auch so, ganz fest!" So,
aufeinander gepresst, verlagerte Vivian langsam das
Gewicht zur Poolseite. Sodass ihr gemeinsamer
Schwerpunkt sie schließlich seitlich ins Wasser
kippen ließ. Lisa empfand nur auf ihrem Rücken und
Extremitäten die Kälte des Wassers. Ihr gesamter
Vordere, an Vivian gepresster Körper, blieb so warm,
wie er war. Es war, als wäre sie nur eine Hälfte eines

größeren Körpers. Als wären sie eins. Als sie sich langsam unter Wasser voneinander lösten, war ihre Vorderseite für einen Moment nur noch die kalte Trennnaht ihres auseinandergerissenen Körpers. Was für ein Gefühl! Die Abkühlung tat gut. Noch vom Wasser sah sie das Tablett mit einer Karaffe Wasser und einer Schale frischer Beeren und geschnittener Melone. Geld für gutes Personal müsste man haben, dachte sie. Sie blieb noch bis zum Abend und wurde von einem Chauffeur, der noch ihr Fahrrad einlud, nach Hause gefahren. „Die Frau Vivian hat mich beauftragt, Ihnen diese Karte zu geben." Das ist Ihre private Nummer. „Sie möchten jederzeit für eine Wiederholung anrufen, trug sie mir noch auf, Ihnen zu sagen." Es imponierte ihr extrem, dass sie nicht mal einen Anflug von Urteilsbildung auf seinem Gesicht erkennen konnte. „Haben Sie noch eine gute Nacht, meine Dame!" Und der Jaguar blubberte zurück in seinen Stall hinter dem Lustschloss. Da Vivian ihr erzählte, dass sie durchaus auch Männer möge, war sie seitdem ihre geheime Lieblingskandidatin für einen „ffm". Auch ohne „M". „Als Zweites also Dominieren?" „Hmm, jawohl, mein Herrscher!", säuselte sie ihm ins Ohr. „Ich kenne die Fachtermini nicht, aber ich muss sagen, dass mich Pornos aus dem BDSM-Bereich schon anmachen." Meistens muss ich aber auch viel ignorieren, um die Kirschen darin zu genießen. Ich bin kein Sadist. Jemandem Schmerz zuzufügen tut mir selbst zu weh. „Ich glaube, auch da ist es nur die LTR", erklärte Leander schnell. „Was ist eine LTR?", fragte sie als Erstes. „Ach, hab ich mir mal ausgedacht." Die Rate der Lust, die im Akt transferiert wird. Einfach, wie viel Lust erzeugt wird, unabhängig von Umfeld und Kontext der Geschichte. Ich mache sowas, wenn mir langweilig ist. Darum sind mir auch Gesichter in Pornos so wichtig, da kann man das am besten ablesen. Deshalb sind die erfolgreichsten Pornostars wohl auch Schauspieler und nicht nur Darsteller. Umso wichtiger, wenn Sachen abgehen, die ich selbst nicht als lustvoll nachvollziehen kann. Klar, Schläge und Klemmen werden bestimmt nicht wirklich weh tun und hinterlassen keine Verletzungen. Ich kann sogar verstehen, dass das dem bewussten Körpergefühl zuträglich sein kann. Aber..." „Aber Du willst kein Arsch sein." Richtig? Du willst die Unterwerfung, ohne zu unterwerfen. Wie soll das denn gehen? Dann kann ich mich ja gleich aufdrängen. „So bin ich nicht erzogen, Dr. Faust." Half Lisa. „Meine Unterwerfung hat doch eine Funktion." Wenn die nicht erfüllt wird, wozu noch unterwerfen? " „Dann könnte ich ja gleich meinen Rock hochheben, die Beine spreizen, meine Schamlippen mit beiden Händen offen halten und, fick mich, sagen", sagte sie, während sie genau das tat. Die letzten Worte sprach sie in ihrem süßesten Flehen und mit dem Blick von ihrer glänzenden, kontaktierenden Pussy zu seinen Augen aufgeschlagen.


Leander
So schnell, fast schmerzhaft, ist Leander noch nie das Blut in die Schwellkörper gefahren. Es kribbelte von der Eichel bis hoch in den Solarplexus und strahlte in

die Oberschenkel. Zum Glück ist er nach dem Duschen nur in eine weite Leinenhose geschlüpft, dachte er. Das informierte Lisa einerseits live über seinen Erregungszustand und gab ihm zudem den nötigen Expansionsraum. Ihre offen aufgefächerte Blüte um ihren glänzenden Eingang herum zog ihn mit einem Ruck an sich heran. Er ließ die Hose zu den Knien fallen, sprang zu ihr auf das Sofa und wollte nichts mehr, als seine pralle Eichel direkt in ihr zu versenken. Noch bevor er aber eine Chance hatte, schnappten ihre Schenkel wieder zu und sie sagte: „Das wäre ja total unanständig!" Eine Dame muss sich umwerben lassen, muss gut auswählen, um sich dann für den Rest des Lebens auf einen Pimmel festzulegen. „Oder sie hat eine sehr gute Erklärung zu ihrer Ehrverteidigung." Wenn ich zum Beispiel machtlos wäre. Wenn jemand über mich und meinen Körper bestimmte, mir alle Entscheidungen abnähme. Dann müsste ich ja machen, was er will. Dann wäre ich ja nicht Schuld an meiner Lust, sondern würde sie für etwas Gutes „Opfern". „Wenn jemand über mir steht und ich ihm nur dienen kann", erklärte sie. „Aber das müsste schon überzeugend sein." Derjenige müsste mich wirklich benutzen wollen, nur für seine eigene Lust. „Nicht um mir Lust zu bereiten, vordergründig zumindest, sondern mich einfach herzunehmen und mich behandeln wie ein Mittel zum Zweck", versuchte sie ihre Devotion zu beschreiben. Ich will ein Fickstück sein. Maximale Objektifizierung. Ich will deine Dreilochhure sein, die selbst nicht zu entscheiden hat. „Ich dürfte keine Wahl haben." Dürfte nur das machen, was er mir befiehlt. Nicht mal kommen dürfte ich, ohne seine ausdrückliche Erlaubnis. Ich wäre nichts und er wäre alles. „Dann zögerte sie kurz. „Dann wäre ich wie ein Ding, willenlos und vor allem, wie sage ich es am besten?" „Ich wäre verantwortungslos, ich könnte mich dann ganz und gar fallen lassen und er würde dann alles verantworten müssen." „Aber wie kommst Du dann auf deine Kosten?", fragte Leander, der die Mechanik dieser ihm fast unangenehmen Selbstaufgabe nicht verstand. „Na ja, das geht natürlich nicht mit jedem." Dazu gehört schon sehr viel Vertrauen. Vertrauen darauf, dass er eigentlich auch mein Bestes will. Dass er mich nicht nur ausnutzt oder mir gar schaden will. Sonst könnte ich mich ja einem X-beliebigen Perversen anvertrauen. Es geht schon unterschwellig um meine Lust und deren Befriedigung. Aber auch um meinen Dienst und meine Mitwirkung an seiner Befriedigung", rückte sie die Prioritäten ins rechte Licht. „Klar möchte ich ihm guttun, möchte, dass er sich an mir, Lisa, befriedigt, und nur mich, nicht irgendwen, zu seiner Befriedigung benutzen will." „Ich möchte ihm und seinem Schwanz zu Diensten sein, weil er sich nur an mir und in mir reiben möchte", beschrieb sie die Paradoxie ihrer Fantasie. „Ich möchte ein Nichts sein für ihn, aber auch ein Alles." Ich möchte das wichtigste Ding in seinem Leben sein. Wie ein Haustier oder ein Fetisch. „Ja, ich möchte sein Fetisch sein, an dem er sich einfach befriedigen will." Also willst Du doch im Mittelpunkt seiner Aufmerksamkeit stehen? „Von wegen Selbstaufgabe und zu Diensten sein", unterbrach sie Leander. „Ja, natürlich!", sagte sie verwundert. Wer möchte das nicht? Ich möchte nur nichts entscheiden müssen. Ich glaube, meine Selbstlosigkeit ist eine sehr egoistische. „Ich möchte buchstäblich zu meinem Glück gezwungen werden", lächelte sie verschmitzt. Aber das muss mich auch fordern. Mich einfach fesseln lassen und Du bedienst meine Bedürfnisse, das ist nicht, was ich suche. Es geht darum, dass Du mir hilfst, meine Grenzen zu erforschen und auszuloten, wenn möglich, gar zu erweitern. Meine Grenzen sind ja nicht nur meine eigenen Grenzen, sondern es sind auch welche, die mir eingeredet wurden. Die zu überwinden kann ich nicht so einfach alleine. „Da stehe ich mir und meiner Vorstellung von einem guten Ich im Wege." „Du willst also, dass ich Dir befehle, was Du Dich nicht traust zu wollen?" " fragte Leander. „Nein, nicht nur, aber ja, auch das." Ich möchte, dass Du mich auch zu etwas zwingst, was ich noch nicht will, aber dann doch genießen kann und stolz drauf sein kann, weil es Dich befriedigt. „Wenn das einen Sinn ergibt." Versuchte sie. „Geht so", sagte Leander. Ich wüsste jetzt spontan nicht, was das sein könnte. Ich ziehe ja meine eigene Befriedigung und mein Selbstbewusstsein als Liebhaber auch mehr aus Deiner Befriedigung als aus meiner eigenen Wunscherfüllung. Also, das heißt, mein Wunsch ist es ja, in Dir ein Wohlbefinden zu erzeugen. Dann erst fühle ich mich besonders sexy. Ich weiß echt nicht, ob ich da der Richtige bin. Das Egoschwein passt halt nicht zu meiner eigenen Vorstellung von einem guten Ich. Sie schauten sich lange an und waren

beide etwas ratlos. Ich möchte ja auch kein
Egoschwein. „Nur jemand, der gestaltet und
entscheidet.", versuchte Lisa es nochmal. Das müsste
er doch können. Das würde ihm ja sogar gefallen. Er
bestimmte eigentlich gerne, dachte er. Vielleicht
kann das ja tatsächlich ein reizvolles Spiel sein. „Lass
mich mal darüber schlafen, damit kann ich bestimmt
experimentieren." „Schließlich bin ich
professioneller Gestalter", bat Leander. Lisas Lächeln
gab ihm Mut. „Ich bin gespannt." – küsste sie ihn auf
die Wange und verabschiedete sich damit, da es
schon wieder sehr spät geworden war.


## Lisa

Auf dem Weg zur Tür hörte sie, wie Leander hinter
ihr aufsprang und mit ein paar schnellen Schritten zu
ihr aufholte. Ein fester Griff in ihre Haare ließ sie
erschrecken. „Wohin denkst du denn zu gehen?"
„Hörte sie ihn nahe ihres Ohres zischen." „Denkst du,
du kannst mich derart aufheizen und dann einfach
gehen?" "Sie wurde mit dem Oberkörper auf die
kalte Tischplatte gedrückt und spürte, wie ihr Kleid
über ihren Po gehoben wurde. Sein noch immer
harter Schwanz fuhr ohne zu zögern direkt in ihr
noch nasses Loch. Er stieß sie immer tiefer und
fester, sodass seine Hoden wieder und wieder gegen
ihren Kitzler schlugen. Das Reiben seines Schwanzes
in ihr und die gelegentlichen Schläge gegen ihre
geschwollenen Kitzler brachten sie Stoß um Stoß
ihrem Höhepunkt näher. Doch bevor sie kommen

konnte, nahm er ihn heraus, zog ihren Kopf an ihrem Schopf zu seinen Lenden herunter und stieß ebenso tief mit seiner pulsierenden Stange in ihre Kehle. „Wer will denn hier kommen?" Bist du ein gutes Mädchen oder nicht, hm? " „Ja,… ich… bin… was… Du… willst… Meister", sagte sie in den Momenten, in denen sein Schwanz ihren Mund verließ, um direkt wieder sich tief in ihr zu versenken. Eigentlich stieß er nicht, sondern schob ihren Kopf auf seine unbewegte Stange. Er rieb sich mit ihrem Mund seinen Schwanz. Er benutzte ihren wohl trainierten Hals, um sich an ihr zu befriedigen. Keine Vorsicht, kein Zuvorkommen: Sie war in diesem Moment tatsächlich nur ein Ding für ihn. So konnte sie es zumindest empfinden, auch wenn sie wusste, dass es ein Spiel war. Sie hörte, wie er immer tiefer stöhnte, und fühlte seinen dicken, adrigen Schwanz in ihrem Mund pulsieren. Mit einem letzten festen Zug an ihrem Schopf stülpte er sie bis zum Anschlag auf sich und kam ganz tief in ihre Kehle, sodass sie nicht einmal schlucken musste. Dort blieb er, bis sie sein letztes Pulsieren abebben spürte. Da sie sehen wollte, wie er sie genoss, hielt sie Augenkontakt mit ihm, in der ganzen Zeit in der ihren Mund benutzte. Seine Lust, die auf seinem Gesicht spielte, gefiel ihr sehr und gab ihr ein Gefühl von begehrt sein. Genommen werden ist ja auch die logische Fortführung des Begehrt sein. Ich sehe, ich will, ich nehme. Genommen zu werden ist für Lisa das ultimative Kompliment. Sie saugte noch die letzten Tropfen aus ihm heraus, bis er ihre Haare endlich losließ. Sie war selbst so schmerzhaft erregt, dass sie sich instinktiv den Kitzler rieb. „Das geht jetzt nicht mehr, meine Liebe." „Diese Woche bestimme ich, wann und wie du Befriedigung erlangst", hörte sie Leander mit einer spielerischen, neu entdeckten Lust an der Macht befehlen. „Sag, ja, Meister, wenn du mich verstanden hast." „Ja, Meister!", beeilte sie sich, ihm zu gehorchen. Er zog sie auf ihre Beine, führte sie zur Eingangstür und drückte sie fest gegen das lackierte Holz. „Stell mir dein Becken entgegen!" Hörte sie ihn bellen. Sie gehorchte, machte ein Hohlkreuz und reckte ihre geschwollene Vulva ihm zur Benutzung entgegen. Mit zwei Fingern rieb er sie länger über die raue Fläche auf der Oberseite ihrer Vagina, bis sie fast wieder kam. Aber nur fast. Dann riss er die Tür auf, schob sie in den Flur und flüsterte in ihr Ohr: „Du kommst, wenn ich es sage, und das ist nicht jetzt, verstanden?" Noch immer in der Gewalt seiner Hand nahm er sich noch einen tiefen und leidenschaftlichen Kuss, gab ihr einen letzten Schubs und schloss die Tür. „Du darfst mich morgen anrufen," hörte sie noch dumpf. „Ja, Meister, danke Meister!", sagte sie mit einer echten Lust an dieser Rolle. Mit der körperlichen Wollust, die sie nur empfindet, wenn sie sich sehr begehrt fühlt. Obwohl er grob war, sie nicht befriedigte und sie geradezu anherrschte, verglomm nie das Liebe und Fürsorgliche in seinen Augen. Fast nahm sie ihm die Rolle nicht ab, wenn da nicht seine harte Erektion und gieriger Griff an ihren Schopf gewesen wäre. Sein Nehmen war ihr Beweis, dass er sie wollte. Sein Verlassen des „anständigen Miteinanders" in die animalische Wahrheit des Augenblicks, war ihr

Bestätigung ihrer Unwiderstehlichkeit. Natürlich war er nie wirklich ein Tier, er hat es nur in den Hof gelassen um sich an ihr auszutoben. Aber das war es ja, was ihr gefiel. Es sollte ja nur ein Spiel sein, in dem sie sich aufgehoben fühlen musste. Ihr Körper bebte, aber fühlte sich gut auf dem kurzen Heimweg an. Kein böser Gedanke traf sie mehr am Kopf. Sie war unschuldig erregt. Und wie erregt! Wann immer sie sich in der dunklen Straße unbeobachtet fühlte, musste sie unter ihr Kleid greifen und fest ihre Schamlippen und ihren pochenden Kitzler pressen. Auch wenn sie wie bei ihrem ersten Abend ihn oral befriedigte, war es nicht wirklich ihre Tat, sondern seine. Wenn sie es natürlich zuließ und sich selbstverständlich hätte wehren können, waren die unausgesprochenen Regeln ihres Devoten Rolle stark genug, um ihr anerzogenes Schamgefühl zu überschreiben. Das fühlte sich an, als hätte sie einen geheimen Tunnel aus einer Zelle entdeckt. Sie war ein Objekt der Begierde und konnte seinen Körper befriedigen, ohne eine Schlampe zu sein. Sie war heiß und niemand konnte ihr einen Strick daraus drehen. Das fühlte sich so gut an! Leander schien die weibliche Anatomie im Griff zu haben. Er presste die richtigen Knöpfe bei ihr. Nicht wie Vivian, irgendwie gröber, was ihr aber sehr gefiel. Sie schrieb ihm noch kurz eine Nachricht, dass sie zu Hause war, und machte sich bettfertig. „Hast du einen Dildo?", kam seine Nachricht umgehend zurück. Sie hatte mehrere, die sie auch gerne konsultierte, wenn ihr, wie gerade, danach war. „Ja, mein Meister", schrieb sie hoffnungsvoll zurück. „Mache mir jetzt ein Video davon, wie du dich fickst!", kam die Antwort, die sie erhoffte. Sie stellte das Handy auf den Ständer auf den Sofatisch, setzte sich davor, öffnete die Beine und wollte gerade eine Videoaufzeichnung starten, als Leander ihr ein Videochat sendete. „Na, ich sehe, du bist noch immer brav." Hörte sie ihn sagen. „Aber natürlich, mein Meister", gab sie verspielt zurück. „Also los, zeig mir, wie brav du sein kannst!", befahl er, während sie an der Bewegung seiner Schulter sah, dass auch er nicht untätig war. Eine Hand an ihrem Kitzler und die andere an dem dicksten Dildo, den sie hatte, tat sie, wie ihr befohlen wurde. Mit tiefen, langen Stößen zwischen ihre geschwollenen Lippen mit dem sie komplett ausfüllenden Dildo und wildem Reiben über ihre empfindliche Knospe fickte sie sich so fest und hart sie konnte. Natürlich nur, um ihrem Meister zu gefallen, fantasierte sie. Sie war aber nie so vorgeglüht, wenn sie sich sonst befriedigte. Teils zu seinem Gefallen, teils aus ihrem Bedürfnis heraus, gab sie sich dem dicken Ding hin. Sie rieb sich wild innen und außen, presste gleichzeitig mit dem Handballen ihren Venushügel gegen ihr Schambein, befreite noch ihre Brüste aus dem Ausschnitt ihres Kleides und kam unter unkontrolliertem Zucken so heftig wie noch nie, wenn sie alleine war. Atemlos fielen ihre aufgestellten Beine zur Seite und eine totale Entspannung überflutete ihren Körper. „Gute Nacht, braves Mädchen." Ich glaube, da fällt mir doch noch mehr zu ein. Ich melde mich. „Bis dahin verhänge ich ein Orgasmusverbot über dich, verstanden?", sah sie

Leander liebevoll zwinkernd auflegen. "Ja, Meister.", flüsterte sie erschöpft.

Sie hatte sich jetzt ihren eigenen Meister gemacht, dachte sie zufrieden. Schon komisch, was von Außen nach Kontrolle aussieht, fühlt sich innen nach Geborgenheit an. Es ist nicht das Verbot, das ist nur Symptom. Es ist das Interesse an ihr. Ob sie jetzt onaniert oder nicht ist sonst allen egal. Aber jetzt gibt es jemanden, dem es wichtig ist. So ist sie nie wirklich allein gelassen. Mit seinen Regeln nimmt er Anteil an ihrem Leben. Ehrt sie sie mit Befolgen, dann sind sie ein Team. Außerdem ist es auch entspannend mal nicht entscheiden zu müssen, sondern vertrauensvoll folgen zu können.


Leander

Den Rest der Nacht verbrachte er damit, sich über die Natur der weiblichen Devotion zu informieren und viel zu onanieren. Es schien ihm, es habe vordergründig mehr mit dem Projektionsobjekt als mit der eigenen körperlichen Befriedigung zu tun.

Der dominante Part musste überlegen sein. Nicht nur körperlich, sondern am besten auch intellektuell. Leander schien es in manchen Beschreibungen gar wie eine Anbetung. Es war nicht so sehr das „befohlen bekommen", sondern eher das „Folgen wollen". Sie wollten ihrem „Dom" was Gutes tun, ihn „glücklich machen", seine Wünsche respektieren und zumindest versuchen, sie zu erfüllen, wenn es ihn stolz auf sie macht.

Das Scheitern und vor allem die Strafe dafür waren ein häufig wiederkehrendes Motiv. Gerade bei masochistischen Spielen schien es die Rechtfertigung für das genossene Leid zu sein. Der Dom musste die Sub ja zwangsläufig züchtigen, weil sie in der ihr gestellten Aufgabe versagte und lernen muss. Dann hat sie die Strafe „verdient" und es war eine logische Schlussfolgerung ihrer Unfähigkeit. Nicht eine bloße Erfüllung Ihrer Lust. Besser noch, wenn die Schläge den Dom befriedigten. Dann war ihre Lust nur ein Ertragen, ihm zu Liebe, anstatt egoistischer Hedonismus.

So richtig konnte er sich noch nicht als Dom sehen. Wie gesagt, taten ihm verabreichte Schläge selbst zu sehr weh, als dass er Lust daran empfand. Wenn die Schläge aber Lust erzeugten, konnte er auch diese Lust spüren.

Lisas Augen aber, als er sie an seinem Schaft auf und abrieb und ihren Hals zu seiner egoistischen Befriedigung benutzte: Dieser Genuss und der Stolz auf ihre Wirkung auf ihn, der sich darin zeigte, dies ergebene Folgen wollen, ihr bereitwilliges Hinhalten ihrer tropfnassen Vagina an seiner Tür und ihr dankbarer Blick, als er ihr den Orgasmus verwehrte, regten ihn sehr stark an. Es war nicht so sehr die Lust an der ausgeübten Macht als die Faszination an ihrer Lust an der Ergebenheit, die ihm den Bauch kribbeln ließ.

Es war wie eine Umkehrung der Machtverhältnisse. Normalerweise musste der Mann sie „erobern" und sich würdig erweisen. Ob es der Kräftevergleich aufeinander donnernder Widder Schädel war oder die Symmetrie des Federkleides eines Pfau. Immer ist es die weibliche Gunst, die ein Männchen zu erlangen hatte, wollte es sich paaren. Sie wählt am Ende aus, wen sie an sich heranlässt.

Hier gab sie ihre Macht willentlich auf. Natürlich erst, nachdem sie sich ihn ausgesucht hatte, der Ihrer Gunst würdig erschien. Die Machtumkehrung ist ja nur ein Spiel mit dem Tabu, nicht ein wirklicher Bruch dessen. Er war insgeheim dankbar, jedes Mal, wenn sie „Danke, Meister!" sagte. Dem Akt des Kontrollierens, des Regeln für andere Aufstellens, wohnt ja auch immer die Gefahr inne, im nächsten Moment ins Lächerliche abzurutschen, wenn diese Kontrolle nicht angenommen wird. Ohne das Vertrauen, dass sie sich nicht bei der nächsten Anweisung umdreht und ihm den Vogel zeigt, könnte er diese Rolle gar nicht einnehmen.

Diese Zugänglichkeit, ihr Bemühen um seine Gunst, indem sie ihm die Macht über ihren Körper übergab und sich bemühte ihm zu gefallen, war unheimlich reizvoll. Dass er es als Spiel mit gerade dem Tabu empfand, was seine innere Emanze besonders nervös machte, reizte ihn nur noch mehr dabei. Was im Patriarchat ein gewaltvoller Zwang ist, eine Ungerechtigkeit im Zusammenleben gleichberechtigter Menschen, ist hier geradezu eine Überzeichnung des patriarchalen Traums, so schien es ihm. Natürlich findet man im Paarungsverhalten von Säugetiere auch den Nackenbiss oder ähnliche Gesten, um sie während der Kopulation festzuhalten.

Irgendwann suchte er auch nach einschlägigen Veranstaltungen, Clubs und Partys mit einem entsprechenden Motto.

Erst in der Frühe dachte er, fündig geworden zu sein. Keine Anzeige, keine öffentliche Einladung. Es war eine Erwähnung einer Erfahrung einer jungen Frau in einem Thread, die ihn auf „Das Schloss" aufmerksam machte. Wie sich herausstellte, war es ein kleiner Verein von Menschen gleicher Vorlieben. Einmal im Monat gab es wohl einen Ball, auf den eine begrenzte Anzahl von Gästen geladen war. Er schrieb eine E-Mail, in der er seine Situation ehrlich darlegte und bat bei nächster Gelegenheit, mit „seiner Sub in Ausbildung" eingeladen zu werden.

So richtig wunderte er sich nicht, dass er, noch bevor er sich auszog, um ins Bett zu gehen, eine Antwort erhielt. Er hatte sowieso das Bild, dass diese Kreise, zumal mit Schloss, eher nachtaktive Freunde von Dracula waren.

Aber gerne laden wir euch ein. „Frisches Blut ist uns immer willkommen." „Ehrlich jetzt, Frisches Blut? dachte Leander und notierte innerlich, er müsse noch Holzpfähle bei OBI besorgen.

„Wir haben Ende dieser Woche unser monatliches Fest." Es wird gebeten, sich förmlich zu kleiden. Dunkler Smoking für den Herrn. Die Kleidung seiner

Sub entscheidet jeder Herr selbst. Den Abend über werden venezianische Masken getragen. Seid ihr dabei? Dann schickt uns schnell eine Bestätigung, da wir nur noch Platz für zwei Pärchen haben. „Grüße, der Graf", „natürlich, „der Graf", ts!", fast hätte Leander die Sache ob der stereotypen Aufmachung schon fast wieder verworfen, als er las: „PS: Keine Angst, wir wollen nur spielen!" Nach der zum Teil bedrückenden Ernsthaftigkeit, die er in seinem bisherigen Rechercheergebnis fand, empfand er diesen Zusatz derart erfrischend, dass er auf Antworten klickte und kurzerhand ihre Erscheinung ankündigte. Hoffentlich hatte Lisa an diesem Wochenende auch Zeit.

Lisa

Sie stand im Stau. Wenige hundert Meter bis zu ihrer Ausfahrt, aber da ein Polizeiwagen den Standstreifen bewachte und einfach nichts mehr ging, hatte sie schon längst ihren Motor ausgemacht und hörte Radio, als ihr Telefon klingelte. Leander bat wieder um einen Videochat.

„Jetzt!", sagte er nur. „Was jetzt?", fragte sie. „Wie heißt das?!" Diese Frage und vor allem der herrische Ton in Leanders Stimme ließen sie sofort aus ihrem Alltag in ihre Subrolle schnellen wie ein gespanntes Gummi, das sich nach langem plötzlich wieder entspannen durfte. „Was meinen Sie mit Jetzt, Meister?", fragte sie mit ihrer unterwürfigsten

Stimme, die sie plötzlich als ganz natürlich empfand und in ihrem Termin eben noch komplett undenkbar war.

„Jetzt will ich, dass Du kommst.", erklärte Leander geduldig. „Egal wo Du gerade bist, komm jetzt!", „Aber... ja, Meister!", antwortete sie nur und spürte direkt, wie sich spontan ihre Schamlippen mit Blut füllten, ihre Brustwarzen hart wurden und sich gegen ihren Blusenstoff aufbäumten. Sie richtet das Handy an seinem Gelenkarm so ein, dass Leander sie gut von Kopf bis Schoß im Bild hatte. Eine Hand ergriff ihre Brustwarze, die andere hob ihren Business-Rock empor und nahm ihren Schlüpfer zur Seite. „Ist es so gut, Meister?", fragte sie, während sie anfing, ihren Kitzler mit ihrer Spucke zu benetzen und zu reiben. „Knöpfe deine Bluse auf!", befahl Leander.

Als sie anfing die Knöpfe von oben nach unten zu öffnen, sah sie aus dem Augenwinkel, dass der Beifahrer des LKWs neben ihr sie gerade entdeckte und seinem Kumpel verriet. Ihren Impuls, sich schnell wieder zu verdecken, sah Leander und sagte schnell: „Was ist dir wichtiger? Das ich Dich begehre oder dass Dich bloß kein anderer sieht? Mach weiter, ich möchte gerne, dass Du jetzt kommst ohne dass ich mich wiederholen muss."

„ Ja, ja Meister.", folgte sie seiner Stimme und schloss nur kurz die Türverriegelung, zur Sicherheit. Was soll es, sie hatte jetzt die Gelegenheit zu kommen, es war ihr plötzlich egal wer ihr dabei zusah. Auch wenn sie nicht mehr zur Fahrerkabine hoch sah, gefiel ihr der Gedanke, was sie dort nebenan wohl anrichtete. Sie rückte ein wenig tiefer in ihren Sitz und spreizte ihre Beine noch weiter. Abwechselnd glitt sie tief zwischen ihre feuchten Lippen um daraufhin wieder ihre Perle zu reiben. Ihre linke Hand zwirbelte Abwechseln ihre hoch aufragenden Brustwarzen ihrer freigelegten Brüste. Sie sah dass Leander sich ebenfalls befriedigte. Sie sah auch, aus dem Augenwinkel, dass die Fahrer des LKWs das gleiche taten während er verträumt zwischen ihren aufgespreizten Beinen und blanken Brüste hin und her starrte. „ So ist brav.", sagte Leander, schon etwas außer Atem. „Danke, Meister." Erwiderte sie mit leicht bebender Stimme. Denn sie war auch schon bald vor ihrem geforderten Orgasmus. „noch nicht, aber hör nicht auf", hörte sie Leander anleiten. Da sie schon fast in der ersten Sekunde hätte kommen können, wurde das Gefühl, dass sich in ihr aufbaute schier unerträglich. „Bitte, Meister, darf ich bitte kommen?" fragte sie atemlos. „Ich zähle von zehn herunter, dann darfst du kommen."wurde ihr offenbart. „zehn!" Sie rieb, brav wie sie war, unverändert hart über ihren Kitzler. „Neun!" Ab und zu griff sie sich mit zwei Fingern tief in ihre Fotze um sich auch im Innern zu reiben. „acht!" Sie verteilte ihre feuchte Lust über ihre offene Blume um kurz darauf nun drei Finger in sich zu treiben. „sieben!" Mit den so angefeuchteten Fingern spielte sie wieder heftig mit ihrer Perle. „sechs!" Sie presste ihr Brüste nach oben und kniff sich fast schmerzhaft die Knospen. „fünf!" Oh Gott, erst fünf!, dachte sie, alleine hatte sie sich noch nie so lange gequält. „vier!" aus versehen blickte sie zu ihrem hoch erhobenen Staunachbarn. Ihre Blicke trafen sich. „drei!" Während sie sich nun  mit vier ihrer Finger penetrierte um auch die Flanken ihrer Lust zu spannen hielt sie immer noch den Blick auf den Fremden gerichtet und blickte ihm tief in die Augen. „drei!" sie sah wie er kam, den Blick fest auf ihren Augen und ihrem Schoß geheftet. „zwei!" sie konnte nun nicht mehr. Die angewachsene Welle unter ihr fing an sich zu brechen. Heftig ihren Kitzler pressend spreizte sie ihre Schenkel noch ein wenig weiter. „eins!" sie sah an Leanders Gesicht dass er nun auch kam. „null!" Jetzt ließ sie alles los, stöhnte  und schrie ihre Ekstase heraus und konnte nicht mehr aufhören sich immer weiter zu reiben. Sie wechselte den Blick von Leander zu ihrem Stauspanner hin und her, stellte sich vor wie sie sie beide nun ficken wollten und kam in mehreren großen Wellen, endlich!

Es hupte hinter ihr. Da sah sie erst, dass vor ihr und ihrem Begleitlastwagen die Straße bis zu ihrer Ausfahrt frei war. Nur der Wagen  direkt vor ihr stand noch da. Fest den Blick in den Rückspiegel geheftet. Schnell richtete sie sich auf schlug die Bluse über ihre Brüste und hupte kurz selbst, als wäre sie gar nicht der neue Grund für den Stau hinter ihr. Als sie los fuhr, warf sie ihrem Begleiter noch einen Kuss und ein Augenzwinkern zu. „Na, das geht doch ganz gut bisher, ich weiß gar nicht was für Skrupel ich hatte. Ich habe dir zwei Päckchen schicken lassen. Hast Du diesen Samstag Abend frei?" fragte sie

Leander schmunzelnd. „äh, ja, müsste ich eigentlich einrichten können." antwortet sie noch ganz zerzaust im Hirn. „äh, Meister." Warf sie noch hinterher. „Gut, bis Samstag dann, fahr bitte vorsichtig!" Verabschiedete sich ein über beide Wangen strahlender Leander.

Ihr gefiel es zu gehorchen. Zumal sie dabei so gut weg kam. Sie hätte sich nie vor einem Fremden so gehen lassen können, hätte man es ihr nicht befohlen. So war da irgendwie gar keine Scham. Sie musste es ja tun, es war schließlich Leanders Verantwortung, dass sie sich derart dem Fremden zeigte und ihn mit ihrem Anblick kommen ließ. Der Gedanke von nun an ein fester Bestandteil seiner abendlichen Masturbationsroutine zu sein, gefiel ihr sehr. Sollte er sie doch ruhig in seinem Geiste jeden Abend heftig durchnehmen und über ihre Brüste spritzen. Das Gefühl erinnerte sie ein wenig an ihre frühen Vorstellungen ein Pornostar zu werden. Da hatte jemand Sex mit ihr wann immer er wollte und sie konnte nichts dagegen tun. Sie fühlte sich extrem sexy während sie versuchte an der nächsten roten Ampel ihre Bluse wieder zu ordnen.

Leanders „Gehversuche" als Dom waren vielversprechend, dachte sie. Er war liebevoll, aber auch sehr bestimmt. Er respektierte ihre beiden Rollen und verhielt sich konsequent danach. Natürlich wusste sie, dass es ihm nicht ganz leicht fiel. Aber er war fantasievoll und nutzte die Macht, die sie ihm anvertraute, auf unvorhersehbare Weise.

Was Leander ihr wohl geschickt hatte? „Warum gleich zwei Päckchen?", dachte sie, als sie vor ihrem Haus parkte und sich den Rock wieder herunterzog.


## Leander

Das war heiß! Verdammt! Lisa sog ihre Rolle geradezu auf wie eine durstige Gazelle am Wasserloch, mit der heimlichen Hoffnung auf ein Krokodil, das sie schnappen und gänzlich unter Wasser ziehen würde. Wie sie sich in seine Macht fallen ließ und jedes Wort von ihm mit umgehendem Befolgen ehrte, kam ihm schon fast unheimlich vor. Wollte er diese Verantwortung? Hatte er sie vor allem wirklich verdient? Er war ja so neu in diesem Spiel wie Lisa. Fast hatte er Sorge, sie aus Versehen mit einem unbedachten Wort zu zerbrechen. Würde ein Fehler in Ihrem Spiel ihre Beziehung zerstören?

Das hemmte ihn sehr im Laufenlassen seiner Kreativität. Manches von dem, was ihm in den Kopf kam, Spiele, die er mit ihr versuchen wollte, schienen ihm entweder zu extrem oder zu langweilig. Wie auf der sprichwörtlichen Schneide eines Messers war es ein Balanceakt zwischen seiner zärtlichen Zuneigung und seiner Lust, diese neue Leinwand möglichst provokant bis in die letzte Ecke auszumalen.

Diese Ängste, so wusste er, musste er zumindest für diese Woche für sich behalten, um das Bild des „Meisters" nicht zu gefährden. Er vertraute einfach darauf, dass sie eine selbstbewusste und intelligente Frau war und sich weigern würde, ginge er zu weit.

Er bekam am folgenden Abend einen Anruf vom „Grafen". Ein sehr freundlicher, intelligenter Mann, der keine Scheu hatte, geradeaus Fragen zu stellen und proffessionell routiniert gemeinhin unerhörte Themen anzusprechen.

Vieles konnte er nicht beantworten. Was ihn an Dominanz reizte, wie er emotional mit Machtverlust zurechtkäme, wie er zu Schmerz stehe und ob sie ihre D/S-Rollen auch im Alltag, also 24/7, auslebten oder ob es für ihn und Lisa nur ein Spiel in begrenzten „Sessions" war? Das alles konnte er zumindest von seiner Seite aus beantworten. Ob er eifersüchtig wäre, wenn sie von anderen berührt würde? „Nein." Ob er selbst auch devote Neigungen verspürte? „Nein." Ob er einschätzen kann, ob das auch bei Ihnen so eindeutig sei? „Ich glaube schon." So ging es mindestens eine Stunde weiter. Fast wie nach einer Therapiestunde fühlte er sich nackt und offengelegt. Verwirrt aber auch mit ein bisschen mehr Klarheit über das, was er bereit war zu tun, fing er an, die neu errungenen Perspektiven in seinem Kopf auszumalen. Der Graf lehrte ihm noch viel über seine Erfahrung mit der weiblichen Lust an der Ergebung und Hingabe. Auch von dem, was er verkörpern muss, um diese Lust auszuleben. Nicht alles passte zu seinem Bild von einem liebevollen Ich.

## Lisa

In einem der Päckchen, die zwei Tage später kamen, fand sie am Feierabend ein wunderschönes schwarzes Abendkleid. Eine glitzernde Front, aufwendig mit Perlen und Spitzen geschmückt, getrennt von einem sehr tiefen, schmalen Ausschnitt, der, wie ein Schnitt, ihr fast bis zum Schamhügel reichte. Nur im Nacken mit einem hoch geschlossenen Knopf gehalten. Der Rücken war quasi gar nicht vorhanden. Ein breiter, weiter Ausschnitt legte ihren kompletten Rücken bis fast unter ihren Po frei. Um ihren Beinen Bewegungsfreiheit zu gestatten, verlief ein langer, sich überlappender Schnitt auf der Rückseite hoch empor bis zum Ende ihrer Oberschenkel. Viel Stoff war da nicht mehr, der ihren Po bedeckte wenn sie sich bewegte. Auch wenn sie sich nicht wirklich angekleidet fühlte, passte es ihr wie angegossen. Derart nackt und präsentiert fühlte sie sich noch nicht mal, wenn sie wirklich nackt war.

Im zweiten Päckchen fand sie ein Geschirr aus Lederriemen, an dem zwei Dildos oder Vibratoren befestigt waren. Sie versuchte erst, sich hineinzusortieren, als wäre es eine Strap-on-Vorrichtung. Das passte vorne und hinten nicht. Nachdem sie schon etwas genervt war, stellte sie an einem Zettel auf einem der Riemen fest, dass sie bisher versucht hatte, es auf Links anzubinden. Mit einer Mischung aus spontaner Empörung, aber auch Erleichterung und unglaublicher Erregung, musste sie feststellen, dass die Vibratoren nach innen ragten, also für sie gedacht waren, nicht für Leander. Um ihre Hüfte herum verlief ein breiter, ledernder Hüftgurt. An einem festen Riemen waren die beiden Geräte aufgereit und an dessen Ende gab es einen Druckknopf, der auf der Rückseite ihres Hüftgurts zu befestigen war. Um das zu bewerkstelligen, musste sie jedoch beide Geräte in sich aufnehmen. Der größere von ihnen ging in ihre schon aufgeregte Möse, der kleinere von ihnen, geformt wie ein Plug, wollte in ihren After. So angefüllt spannte der Druckknopf die beiden letzten Endes fest in ihre Löcher.

In dem Päckchen war zudem noch ein Gerät, das so ähnlich wie ein Garagenöffner aussah. Zwei Knöpfe und ein Riegel zum Feststellen der beiden. Jeder Schritt, jede Bewegung ihrer Hüfte fühlte sich an, als würde sie sanft von zwei Herren auf harten Schwänzen getragen. Aber erst als sie wagte, die Knöpfe zu drücken, war es um sie geschehen. Auf so heftige Virationen in ihrem Innern war sie nicht gefasst. Da jagten zwei Superyachten einander durch ihre Gewässer. Instinktiv musste sie sich auf ihr Sofa fallen lassen, ihre Beine spreitzen und kam augenblicklich in einem noch nie gefühlten vaginal-analen Orgasmus. Mit dem Riegel arretierte sie die beiden Taster der beiden Höllenmaschienen in ihr und gab sich ihnen hin. Der Vordere der beiden war so geformt, dass ein flacher, weicher Fortsatz auf ihrem Kitzler zu liegen kam. Auch der beherbergte einen starken Motor. Wer dachte sich denn so etwas aus? Wie sollte sie je wieder die Geräte ausschalten?

Sie kam noch mehrere Male, während sie ihre Brüste mit den ungewohnt freien Händen hielt. Mit Schrecken stellte sie fest, dass sie ja noch dem Orgasmusverbot unterlag. Schnell rief sie Leander an und beichtete ihre Verfehlung.

Aber der lachte nur, befahl ihr, alles sofort wieder auszuziehen und in die Schachteln zu legen. Zur Strafe sollte sie jetzt sofort am Rhein joggen und ihm ein Foto ihrer blanken Brüste mit dem Dom im Hintergrund schicken. „Ich gebe Dir 45 Minuten, dann habe ich das Bild, sonst kannst Du mir die Päckchen direkt wieder zurückgeben." Stellte er als Regel auf.

Sie hatte so gar keine Lust zu laufen. Sie war so weich vibriert und wollte nach diesem langen Tag eigentlich nur in die Wanne. Außerdem war der Dom so weit entfernt, dass sie bezweifelte, es rechtzeitig zu schaffen. Sie musste schon einen deutlich zügigeren Schritt an den Tag legen, um Leanders Forderung zu erfüllen. Also zog sie sich in Windeseile um, schnürrte sich die Laufschuhe an. Spurten hätte man es nennen können. Ein lockeres „Laufen" war das sicher nicht mehr. Sie sah aus, als rannte sie einem Löwen davon oder einem Einhorn hinterher. So schnell, dass sie gerade noch die besorgten Blicke der Spaziergänger wahrnahm, die nachsahen, ob sie von jemandem verfolgt wurde. Zweimal muss sie vor lauter Erschöpfung kurz stehen bleiben, um überhaupt atmen zu können. Die Schmerzen in ihren Beinen und das Brennen in ihrer

Lunge brachten sie zum Weinen. Noch 15 Minuten und gerade jetzt erst sah sie den Dom. Sie wischte sich die Tränen aus den Augen, schrie sich innerlich an und rannte weiter.

Leanders Wille unterstützte sie. Sie musste gar nicht in Frage stellen ob sie weiter laufen will, weil ihre Meinung hier gar nichts galt. Sie steuerte nur Leanders Spielobjekt durch ein Belastungstraining. So schmerzhaft und anstrengend es war, es ließ sie Körper sein. Jeder Muskel, jede Sehne, jedes Stück verschwitzter Haut war sie. Nicht ein Teil von ihr, nicht ihr Vehikel sondern ihre Existenze. Ihre radikal korporale Existenze ist etwas, was sie im Alltag nie fühlt. Die Welt macht aus dieser Perspektive ein viel klareres Bild

Endlich dem Dom so nahe, dass er in einem Bild auch deutlich zu erkennen war, blieb sie stehen. Überall waren noch späte Spaziergänger unterwegs und sie hatte nur noch 2 Minuten auf der Uhr. Eigentlich nur eine, wenn Leander schneller war, den Timer zu stellen. Also gab sie sich kurzerhand, ihrer Scham zum Trotz, seinem Willen hin, zog ihr Oberteil über ihre Brüste hoch und machte ein Selfie von ihren verschwitzten Brüsten und ihrem hochroten Gesicht. Die beiden Spitzen des Doms im Hintergrund und ihre beiden im Vordergrund . Die kühle Luft auf ihrer, der Öffentlichkeit präsentierten Brust, war geradezu erfrischend, wäre da nicht diese Hitze der Scham auf ihren Wangen.
Schnell abgeschickt, hingesetzt und auf sein Urteil wartend, versuchte sie, jeglichen Augenkontakt der

plötzlich interessiert stehengebliebenen Herren zu vermeiden.

Auch ignorierte sie schmunzelnd die Beifall johlende Gruppe junger Männer aus der Ferne.
„Das waren 44 Minuten, du hättest also durchaus noch etwas näher dran gekonnt." Nimmst Du das nicht ernst, was ich Dir auftrage? „Ich gebe Dir nun weitere 45 Minuten, bis Du vor meiner Tür stehst", kam seine gnadenlose Antwort zurück.

Was sollte sie nur machen, das würde sie nie schaffen! Aber es half nichts. Sie rannte also wieder zurück. Auch wenn sie es nicht schaffte, sollte er sehen, dass sie es zumindest versucht hatte und sich nicht zu schade war, sich für ihn anzustrengen. Auch wenn sie daran kaputt gehen würde. Sie war schließlich Leanders Verantwortung. Irgendwie hatte sie es ja auch verdient, dachte sie. 49 Minuten später stand sie dann endlich vor seiner Tür. Verschwitzt, schwer atment und vollkommen erschöpft.
„Bitte verzeih mir, Meister." keuchte sie und genoss ihre Opferbereitschaft.


Leander

Ihre Kleidung war vollkommen durchnässt. Ihr roter Kopf und ihr schwerer Atem machten ihm schon etwas Sorgen. Wenn er ehrlich war, hätte er das selbst nie geschafft. „Hier, ich habe Dir ein Bad einlaufen lassen, aber trink erstmal was", führte er sie herein. Er sah zu, wie sie sich zitternd auszog, das Glas Wasser in einem Zug lehrte und dann in seinen Armen weinend zusammenbrach.

Nachdem er sie eine Weil hielt, half er ihr in die Wanne und streichelte ihre Stirn mit seiner kühlen Hand. „Ich hoffe, Du verstehst, warum das nötig war." Sagte er, geradezu so, als würde er es selbst verstehen. Es war nun halt mal die Rolle, die er sich für diese Woche entschied zu spielen. Ihr das Gefühl von Halt geben in dem er seine eigenen Regeln für sie selbst ernst nimmt.

Ihr ein enges Korsett schnüren in dem sie den Anstürmungen und Sabotageversuche der Gesellschaft gegen ihre sich befreinde Lust stand halten kann. Er musste mächtiger sein als die Indoktrinationen ihrer Jugend, stärker als all die Hochglanz Magazine die Weiblichkeit begehrenswert aber selten begehrend zeigen.

Motivierender als die verachtenden Blicke die sie für einen zu kurzen Rock bekommt. Brennender als die Scham gespreizter Beine. Sturer als Lisa selbst, die ihrer Mutter gefallen möchte und dafür eigentlich alles im Leben aufgegeben hätte.

All das stand ihr im Weg um sich richtig Fallen zu lassen und mal nur ein Geschöpf aus Lust zu sein, dachte er.

Halbe Sachen hätten beiden nicht geholfen. Er hatte sich natürlich gefreut, dass ihr das Kleid und das Dildogeschier so sehr gefielen und sie keine Scheu zeigte, damit zu experimentieren. Die Strafe, die er spontan verhängte, gab ihm eigentlich kein schlechtes Gewissen, da körperliche Ertüchtigung ja generell gesund ist und im Nachhinein ein gutes Körpergefühl beschert.

Er spülte mit dem Duschkopf ihre Haare und ihren Hals mit etwas kühlerem Wasser. „Ich bin ja so fertig!", stieß es aus ihr heraus. „Mein ganzer Körper zittert." Oh Gott, das war zu viel. „Aber auch sehr gut", musste sie zugeben.

Er ließ sie in der Wanne zurück und bereitete ein leichtes Abendessen, Bruscetta und einen großen Salat. Er öffnete eine Flasche Rotwein.

Sie saßen noch lange und sprachen über die neu gewonnenen Erfahrungen der letzten Tage.

Ganz offen tauschten sie aus, was sie empfanden, was ihnen gefiel und womit sie Schwierigkeiten hatten. Beide kamen zum Schluss, dass gerade die Sachen, die ihnen Schwierigkeiten machten, die waren, die ihnen am Ende am meisten gaben.

Ihm die Macht und ihr die Folgsamkeit.

Als tuschelten sie heimlich hinter dem Vorhang ihres Spiels, tauschten sie Ängste und Lüste aus, analysierten ihr eigenes Schauspiel. Dabei nahmen weder Leanders eingestandene Ängste und Skrupel noch Lisas geäußerte Bedürfnisse und Erwartungen, noch ihre selbstironische Distanze dieser

Versuchsreihe gegenüber, etwas von dem Zauber ihres Spiels.

Sie waren beide außerhalb, unberührt von ihren Rollen. Nein, diese Spielart, und seien sie noch so tief eingetaucht, würde nie ihre wahre Freundschaft auf Augenhöhe tangieren. Beiden war klar, dass sie damit in eine Parallelwelt tauchten. Von der Realität so konsequent getrennt wie ein schöner Traum.

Leander erzählte ihr vom Schloss und vom Grafen. Er befragte sie über ihre Fantasie und ihre Motivation, an so einem Abend teilzunehmen.

Seine war ihm klar: Er wollte Lisa dabei zusehen, wie sie sich in ihrer Lust windet.


Lisa

Zu beschreiben, was ihr an der Idee gefiel, war schwer von ihren klischehaften Vorstellungen „solcher Abende" zu trennen. Was sie daran besonders reizte, war die Inzserierung in einem ihr fremden, doch gleichgesinnten Personenkreis.

Sie wollte vorgeführt, betrachtet und zur Benutzung ausgestellt werden. Dabei natürlich immer begehrt und bewundert. Sie stellte sich vor, einem kostbarem Kunstobjekt gleich, in einer Auktion ersteigert und vom Gewinner konsumiert zu werden. Ohne dass man sie fragte, einfach hergenommen, durchgefickt, zur Weißglut erhitzt, um dann, wenn ihr Besitzer es für den Abend möchte, weitergereicht zu werden. Ein „Nein" stünde ihr nicht zu. Sie wollte „brav" sein, sich bemühen, allen zu gefallen und allen ihren Körper zum Gebrauch möglichst zuvorkommend anzubieten.

Sie wollte ihre Orgasmen all jenen zollen, die sich an ihr befriedigten. Gewissermaßen als Beweis Ihrer Dankbarkeit. Dabei stellte sie sich vor, dass man ihr die orgiastische Erlösung zuvor ausdrücklich erlauben musste. Den Reiz der unterdrückten, herrausgezögerten Lust, kannte sie von eigenen Experimenten zuhause. Doch da konnte sie letztendlich selbst entscheiden, wann sie es sich erlaubte, zu kommen.

Dieses ausgeliefert sein, sich komplett in die Hand eines anderen zu legen, war es, was sie an der Vorstellung eines solchen Abends reizte. Natürlich unter der Vorraussetzung, dass Leander für sie da ist. In ihrer Vorstellung spielte er keine große Rolle, war eher im Hintergrund und bildete unsichtbar die Sicherheit, die sie brauchte, um sich wirklich fallen zu lassen.

Ihr gefiel auch die Vorstellung, andere bei diesem Spiel zu beobachten oder gar in ihr eingebunden zu werden.

Die Idee, dass sie nicht alleine diese Sehnsucht hatte, dass es Frauen gab, die gleichermaßen Lust in der Unterwerfung fanden, gab ihr Mut, auch zu ihrer Fantasie zu stehen.

## Leander

Er erhaschte einen kurzen Blick auf ihre mit dem ledernen Zaumzeug umspannten Oberschenkel, als sie sich auf den Beifahrersitz setzte. Ein leichter, aber langer Sommermantel verwehrte ihm die Sicht auf das Kleid. Aufregung, Begierde und Angst spielten Fangen auf ihrem Gesicht. Ein Spiel, das er in dieser Intensität nicht einmal vom Abend im Park kannte. Fasst vergaß er seine Rolle, blieb dann aber doch streng und streckte wortlos fordernd seine offene Hand aus. Sie legte instinktiv ihre hinein. Aber das war es nicht, was er wollte. Er schlug sie weg und blickte ihr direkt in ihre verunsicherten Augen. Es dauerte ein paar Sekunden, als es schließlich wie ein Blitz durch ihren Körper fuhr und sie sich beeilte, die Fernbedienung aus ihrer Handtasche zu holen und ihm mit einer Mischung aus Ergebung und Vorfreude in ihrem Lächeln, in die Hand zu geben.

„Danke", sagte er nur.
„Bist du aufgeregt?" „Ich bin es jedenfalls." Gestand er ihr, weil es seiner Meinung nach nicht nötig war, seiner Rolle zuliebe ihre Vertraulichkeit zu opfern.

Sie fuhren ca. eine halbe Stunde aus der Stadt hinaus ins Bergische. Das gab beiden Zeit, über ihre Ängste und absurdesten Vorstellungen zu lachen und sich gegenseitig zu vergewissern, dass alles, was heute Nacht passieren wird, immer ein Spiel bleiben wird und sie jederzeit nach hause gehen wenn es einem nicht mehr gefällt.

Sie wurden erst ganz still, als sie in die breite Einfahrt bogen, die, links und rechts von Fackeln beleuchtet, zu einem alten Schloss führte.

„Eins noch, bevor wir aussteigen!" „Nur um Dir klar zu machen, wer hier heute Abend führt", sagte Leander und drückte damit beide Knöpfe der Fernbedienung.

Er genoss das erschrockene Zucken ihres Körpers und ihre entgleisenden Gesichtszüge. Er hielt sie so lange gedrückt, bis er ausgestiegen, um den Wagen herrumgegange und ihre Tür geöffnet hatte. „Guten Abend!", begrüßte sie ein waschechter Page. Nahm die Wagenschlüssel in Empfang und deutete ihnen an, ins Schloss zu gehen. Tatsächlich umspannte ein Wassergraben das Anwesen und war so nur durch eine heruntergelassene Zugbrücke zu betreten. „Willkommen, Willkommen, meine Lieben!", begrüßte sie ein offensichtlicher Hausherr, in dessen Stimme Leander sofort den Grafen erkannte. „Wir haben im Saal aufgedeckt." „Wenn die Herschaften möchten, können sie mir gerne ihre Garderobe anvertrauen." Und blickte dabei vor allem Lisa fordernd an. Leander, um ihr kurzes Zögern zu überwinden, half ihr aus ihrem dünnen Mantel.


Lisa

Es war ihr schon unangenehm, plötzlich in diesem Hauch von einem Kleid vor diesem fremden Mann zu stehen. Offensichtlich durch das unter dem freizügigen Kleid blitzende Geschirr als devotes Sexobjekt gekennzeichnet schämte sie sich für ihre Geilheit und offensichtlich unzüchtigen Gedanken, die sie erst in diese Situation brachten. Am liebsten würde sie sich den Mantel greifen und fortlaufen. Was sollen nur die anderen Gäste denken, was für eine sie ist?

Aber als sie den bewundernden Blick des Grafen an ihrem Körper entlang wandern sah und auch auf Leanders Gesicht ein fast ehrfürchtiges Staunen wahrnahm, fühlte sie, wie sich die Scham in Stolz wandelte. Ja, sie war eine tolle Frau, sexy, mutig und frei von diesen geworfenen Gedanken. Nein, hier wird ihr niemand einreden können, dass sie verdorben und unzüchtig sei. Sie hatte sich dazu entschlossen, diese Rolle für diesen Abend anzunehmen, also wäre sie ja blöd, es nun nicht auch voll auszukosten. Ja, Sie war Sex pur und die Sehnsucht eines jeden Mannes. Das würde sie heute einfach mal genießen. Fickt mich doch alle!

Kurz, als der Graf ihnen voran durch die Flügeltüre des Tanzsaal schritt und Leander seine warme Hand wie zur Führung auf ihren entblößten Rücken legte – ganz tief unten, dort, wo ihre Pobacken begannen, wollte sie ganz kurz wieder wegrennen. Sie ließ es sich aber nicht anmerken, sondern schritt hocherhobenen Hauptes hinein in dieses Abenteuer.

Sie sah fünf weitere Paare um die Tafel stehen und miteinander Konversation betreiben, als wäre das alles hier ganz normal, die Herren zumindest. Allesamt in ähnlichen Smocking-Anzügen, weißen Hemden und ledernden Schuhen gekleidet, waren sie geschmückt von Damen, so unterschiedlich „angezogen" wie sie es sich nicht hätte ausmalen können. Ein blonder Lockenkopf stand bei Ihrem Herrn an der Leine, nur ein dickes ledernes Halsband tragend, ansonsten aber splitterfasernackt. Eine andere war teilweise in barocken, zerissenen Kleidern gehüllt, als wäre sie auf dem Weg hierhin schon mehrmals von Räubern vergewaltigt worden. Sie hielt den über ihren Po zerissenen Rock zusammen und eine ihrer wunderschönen Brüste lag bar. Die Hand ihres Herrn führte sie an ihrem freien Nippel rüde zu ihrem Platz. „Sitz!" hörte Lisa seinen Befehl durch den Saal hallen. Dieses unerhört rüde Verhalten des Herrn kribbelte in ihrem Schoß.

Eine andere war, wie eine zweite Haut, in schwarzes, enges Latex gehüllt, so eng, dass man ihre erregten Nippel und geschwollenen Schamlippen erkennen konnte. Sie kniete an einer Kette zu Füßen ihres Herrn, das Gesicht in einer schwarzen Maske aus dem gleichen Material verhüllt. Als sie genau hinblickte, erkannte sie, dass das Latexwesen durch das Loch in ihrem Schritt im Anzug sich unablässig mit einem dicken Dildo fickte. „Weiter!" wurde sie angeherrscht, wenn sie innehielt.

Die ihnen am nächsten stehende Frau war mit klassischer Reizwäsche geschmückt. Ein schwarzes, die Brüste hebendes, eng geschnürrtes Korsett, Hüftgurt, an dem mit Spitzen gesäumte Strümpfe befestigt waren, und sehr hohe rote Stilettos, die die Farbe ihres engen Halsbandes wiederholten.

Die Dame des fünften Paares stand in einem ultrakurzen, weiß-leinenen Nachthemd neben ihrem Herrn. Die untere Hälfte ihres Gesäßes war nicht bedeckt und vorne ging es gerade bis dorthin, wo normalerweise das Schamhaar anfing. Dadurch sah man, dass ihre Vulva blank rasiert war und feucht glänzte. Ihre Hände waren auf dem Rücken zusammengebundet und ihre Augen mit einem Streifen Stoff verbunden, der ihr Nachthemd nun so kurz machte. Dadurch war sie orientierungslos und musste geführt werden, als der Graf „Zu Tisch!" rief. Lisa sah, wie ihr zugehöriger Herr ihr zwei Finger tief zwischen die glatten Schamlippen schob und sie derart in Richtung Sitz führte. Das war so unverschämt, respektlos und übergriffig, dass Lisas eigene Spalte spontan noch mehr anschwoll und noch nasser wurde. Der Anblick kitzelte in ihrem Bauch.

Generell hätte sie ohne Bedenken mit jedem dieser Sexobjekte – anders konnte sie sie fast nicht nennen – hier tauschen können. War aber auch froh, so vergleichsweise elegant gekleidet zu sein. Sie fühlte sich mit ihren beiden sie ausfüllenden dicken Prügeln zwischen ihren Beinen versteckt unter ihrem gewagten Abendkleid vergleichsweise unauffällig gekennzeichnet. Erst als Leander lächelnd plötzlich seine Macht benutzte, um sie an den Tisch zu „bitten", wurde ihr klar, dass sie noch mehr in seiner Gewalt war als die Frauen an einer schnöden

Leine. Derart heftig stimuliert konnte sie fast nicht mehr laufen und musste vor Lust laut aufstöhnen. Instinktiv presste sie eine Hand zwischen ihre Beine. Was gäbe sie jetzt darum, das Essen zu überspringen und sich sofort, egal von wem, so richtig ficken zu lassen? Die Stimulanz war unerträglich.

Zum Glück waren die Stühle üppig gepolstert, so dass sie sich trotz der Folterinstrumente der Lust bequem hinsetzen konnte. Jedes vor- und zurückwippen ihres Beckens brachte ihr das Gefühl, ein wenig penetriert zu werden. Jedes Mal, wenn sie nach dem Glas Wein griff, nutzte sie diesen Effekt aus.

Leander

Er sah ihr verstohlenes Lächeln von der Seite und war sich sicher, trotz der Haltung, die sie sich bemühte zu halten, dass sie jeden Moment genoss.

Es erklang ein tiefer, alles in Vibration setzender Gong und daraufhin passierten verschiedene Dinge gleichzeitig. Eine Reihe von Bediensteten mit Tellern in jeder Hand betraten den Saal in einer geordneten Formation, umrundeten den Tisch und stellten dabei je einen der Teller vor jeden Gast. Auf der anderen, weit entfernten Seite des Ballsaals, erhob sich der Klang von milder Kammermusik, gespielt von einem Sextett klassischer Musiker, und durchflutete den Raum mit dem erhebenen Gefühl von Stil und Klasse einer längst vergessenen Zeit. Leander verlor sofort dieses schmuddelige Gefühl seiner prüden Erziehung und fühlte sich fast wohl inmitten dieses wahrgewordenen Männertraums. Er sah, wie der Nachthemdträgerin die Hände und Augen befreit worden waren, und die Latexfigur durfte ihre Haube vom Kopf ziehen und den nassen Dildo aus ihrem Fickloch ziehen, sauberlecken und auf den Tisch legen. Darunter verbag sich ein Gesicht, so anmutig und symetrisch, dass er wünschte, sie müsse es nach dem Essen nicht wieder verbergen.

„Aber meine Herren, sie müssen ja vergehen in ihren Jacken." „Bitte, fühlen Sie sich frei, sie jederzeit abzulegen, wenn es ihnen zu warm wird", wandte der Graf das Wort an die Gesellschaft. Leander ließ sich das nicht zweimal sagen und hängte seine Smockingjacke über die Stuhllehne. Der Saal war eindeutig für die, sagen wir mal großzügig, Garderobe der Damen temperiert. Es war für einen so großen Raum so ungewöhnlich stark geheizt, dass die „Objekte" mit ihren teils nicht existierenden Kostümen sich wohl fühlen konnten.

Er knöpfte noch sein Hemdkragen auf und wollte sich endlich seinem Teller widmen. Ein Teller Suppe wurde gefolgt von einem kleinen Steak mit einer Backofenkartoffel und einem Salat auf einem separaten Tellerchen. Alles besonders schmackhaft, aber darauf bemessen, den Gast nicht zu vollzumachen. Niemand wollte sich für den Rest des Abends schwer und gefüllt fühlen. Also, im Bauch.

Ich hoffe, es hat ihnen gemundet. „Nun möchte ich ihnen das Programm des heutigen Abends vorstellen", hörte er wieder den Grafen das Wort an sie alle richten. Er saß nicht mit ihnen am Tisch, sondern kam nur ab und zu herrum, um sich bei jedem persönlich zu vergewissern, dass alles zu vollster Zufriedenheit verlief und alle genug Wein in ihren Gläsern hatten.

„Wir haben uns, so hoffe ich, wieder besonders originelle Spiele zu ihrer Befriedigung ausgedacht", fuhr er fort. „Sie finden vor sich eine Karte mit sechs durchnummerierten Aufgaben, die ihre Damen heute zu erfüllen haben." Wie welche Aufgabe bekommt, entscheiden diese Würfel. Jede Aufgabe muss erfüllt werden. Wenn eine nicht möchte, muss sie eine andere Dame bitten, für sie die Aufgabe zu übernehmen. „Das gleiche gilt auch für die Herren, sollte sie unerwarteter Weise die Eifersucht übermannen", erklärte er die schlichte Regel des Abends und hob eine mundgeblasene Vase mit darin eingeschlossenen Würfeln hoch. „Der rote Würfel bestimmt das Paar, dessen Weib verpflichtet wird, der blaue bestimmt die Aufgabe."

Alle griffen nach den Karten und Leander sah in den Gesichtern der Frauen, dass sich Gefühle von Scham, Angst, Lust und gespielter Empörung abechselnd ihrer Mimik bemächtigten. Er sah, dass Lisa zu gerne auch wissen wollte, was auf sie zukam, aber da die Karte nun mal vor Leanders Teller lag, war es an ihm zu entscheiden, ob er sie ergriff. Als er bemerkte, dass sie sich anschickte, sich nach vorne zu beugen, um sie zu ergreifen, benutzte er wortlos seine Macht. Ein Stöhnen ließ Lisa in der Bewegung innehalten und sie blickte ihn mit einer Mischung aus Wut, Enttäuschung und der Einsicht an, dass es tatsächlich nicht an ihr war, irgendetwas heute zu entscheiden. Im nächsten Moment war aber alles von ihrem Gesicht gespült und nur Lust blieb übrig wie der glatte Sand nach einer starken Welle. Da sie nun auf ihrem vorderen Vibrator lehnte, musste die Empfindung besonders stark sein, vermutete er und musste schmunzeln. Ihre Augen trafen sich und beide mussten lachen. Lisa lehnte sich sogar noch weiter vor und gab ihm einen leidenschaftlichen Kuss. „Bitte, ich komme gleich, wenn du nicht aufhörst.", flehte sie ihn leise an. „Wage es dich bloß nicht!", zischte er halb scherzend, aber streng zurück. An ihren zitterden Lippen spürte er genau, dass es ihr fast nicht möglich war, sich weiter zu beherschen, und ließ deshalb Gnade vor Recht ergehen. Er sah, wie sich wieder die Hand in den Schritt presste, als wolle sie ihre Lust im Zaum halten. Sie keuchte so laut, dass sie die sehnsüchtigen und belustigten Blicke der anderen Frauen und Herren auf sich zog.

„Sind hier manche nicht in der Lage, an sich zu halten?" „Disziplin junge Dame, Disziplin!" Rief der Graf streng in die Runde. „Wir beginnen nun das erste Spiel!" Er schwenkte und schüttelte die Vase mit den Würfeln andächtig hoch, runter und im Kreis, um sie mit einem Mal knallend auf den Tisch zu schlagen. Die Würfel sprangen noch einige Sekunden in ihrem Gefängnis herum, um endlich auf dem Boden der Vase liegen zu bleiben. „Paar 2 und

Aufgabe 4!", verlautete die feierliche Stimme des Grafen das Ergebnis. „Wir sind Paar 3 übrigens." Flüsterte Leander Lisa zu.

Der Graf nahm die Aufgabenkarte hoch und laß: „Aufgabe 4 lautet: Die Lust am eigenen Körper zelebrieren und zur Schau stellen!"
Es wurde ein lederner Sessel in die Mitte des Saals gerollt.
„Wer ist das Paar Zwei?", fragte der Graf.
„Wir!", antwortete freudig der Herr der in barocken Fetzen gekleideten Frau. Er ergriff sie wieder an ihrem Nippel und zog sie von ihrem Stuhl. „Komm!", befahl er ihr kurz. Sie wollte erst nicht, aber musste dann doch der herrischen Hand ihres Gebieters und ihrer Brustwarze folgen. Er stieß sie rückwärts auf den Sessel und riss ihr mit einem Ruck die verbleibenden Stofffetzen, die einmal ein wallendes Kleid waren, vom Leib. „Los, zier dich nicht!" Er riss noch an der verbliebenen Hälfte ihres Oberteils, um auch ihre andere Brust freizulegen. „Los zeig uns, wie du es dir machst!"
Er legte noch ihre Beine links und rechts auf die Armlehnen, um uns allen den Blick auf ihre feuchte Höhle zu geben.

Erst schüchtern, zaghaft und etwas beschämt begann sie ihre Brust zu streicheln, die Nippel zwischen den Fingern zu rollen, um dann langsam mit einer Hand nach unten zu gleiten. Ihre Schamlippen waren rot und geschwollen. Man sah, dass trotz der zur Schau gestellten Schüchternheit ihr der Gedanke gefiel, so gespreitzt von allen beobachtet zu werden. Sie rieb

mit zwei Fingern ihren Kitzler mit Druck in kreisförmiger Bewegung und ließ ihn geschwollen, wie er war. Unter ihren Fingerkuppen hin und her schnellen. Sie spreizte ihre Beine noch ein wenig mehr und fuhr erst mit einem, dann mit zwei Fingern tief zwischen ihre Schamlippen. Sie rieb sich im Innern hart und schnell, um dann wieder ihrem Kitzler feuchte Aufmerksamkeit zu schenken. Als sie sah, dass einige der Herren ihren Schwanz aus der Hose geholt hatten und anfingen sich ob des Anblicks selbst zu reiben, feuerte es sie an, sich hemmungsloser zu zeigen. Mit der einen Hand rieb sie ihren Kitzler, mit der anderen begann sie ihre Lippen auseinanderzuhalten und nach und nach mehr Finger in sich zu versenken. So weit, dass sie bald alle Finger in sich verbarg und sich mit ihrer kompletten schmalen Hand mit tiefen Zügen mit ihrer Faust selbst fickte. Sie stöhnte immer lauter. Der Herr mit der Frau im leinenen Nachthemd hatte derweil wieder ihre Hände gebunden und drückte sie zu Boden auf ihre Knie, zwang ihren Kopf zu Boden und fing an, sie mit seinem dicken Schwanz abwechselnd in ihre ihm entgegengehaltene Ficklöcher zu stoßen. Dabei schaute er zu, wie die Hand der barocken Attraktion weiter ein und ausfuhr. Seine eigene Frau benutzte er nur zur körperlichen Stimulation, schenkte ihr sonst keine Aufmerksamkeit. Aber auch sie konnte ihre nicht wieder verbundenen Augen nicht von ihr abwenden und schaute ihr lüstern beim öffentlichen Onanieren zu, während sie benutzt wurde.
Auch Leanders Hose wurde zunehmend enger und er

begann instinktiv, seine Eichel durch die Hose zu streicheln, als er merkte, wie Lisas Hand, den Blick auf den Sessel fixiert, um ihn herumgriff und seine Hose öffnete, seinen Schwanz herrausholte und anfing, ihn langsam mit festem Griff zu wichsen. Dabei küsste sie immer wieder seinen Nacken von hinten. Ihre andere Hand griff tiefer in seine Hose und packte seinen Sack.

Er sah, wie die Reaktion des Publikums der in sich versunkenen Frau im Sessel den letzten Zweifel über ihre Attraktivität nahm und wie es ihre Lust multiplizierte. Immer heftiger wurden ihre Bewegungen, immer mehr räkelte sich ihr ganzer nackter Körper im Leder, und bald ergriff sie eine ihrer Brüste, zog und kniff ihre Nippel, während die Hand an ihrem Kitzler immer wilder rieb. Ihr Aufstöhnen wurde zu spitzen Schreien, als ihr gesamter Körper in unkontrollierten Zuckungen eine Welle nach der anderen erlebte. Als sie sich komplett enspannte, war es das Signal, einer Verbeugung eines Musikers gleich, für den tosenden Applaus der Zuschauer.

Ihr Gebieter half ihr aus dem Sessel und führte sie am Nacken, sichtlich stolz, zurück an ihren Platz. Die Musiker begannen wieder zu spielen.


Lisa

Sie rieb noch kurz Leanders Schwanz, küsste ihn aufs Ohr und stoppte dann einfach. „Nicht dass Du schon am Anfang all dein Pulver verschießt.", flüsterte sie schmunzelnd und zwängte seinen viel zu großen, pochenden Schwanz wieder zurück in seine enge Hose. Seinen protestierenden Blick ignorierend.

Das Schauspiel und sein Harter in ihrer Hand hatten sie fast zerfließen lassen. Nun wünschte sie sich, er würde sie nochmal mit seiner Fernbedienung züchtigen.

„Wollen wir weitermachen, sind alle wieder aufnahmebereit, ja?" „Nochmal einen herzlichen Dank an unsere Dame der Nummer 2 und an die Großzügigkeit Ihres Herrn, das war eine sehr heisse Vorstellung. Gratulation zu einer so schönen Lust!", hörte sie den Grafen in das allgemeine Murmeln eingreifen.

Das Klimpern des Würfelglases ließ nun auch die Letzten verstummen. „Übrigens, wenn eine Zahl doppelt vorkommt, addieren wir einfach eine Eins dazu, bis jeder mal drangekommen und alle Aufgaben erfüllt sind, keine Sorge", sagte er kurz, bevor er wieder mit einem lauten Knall die Vase auf den Tisch stellte. Die Würfel beruhigten sich und blieben endlich liegen. „Paar Nummer Vier, Aufgabe Fünf!", proklamierte er laut in den Saal hinein. „Oh, das sind wir, wir sind das!", hörte sie eine aufgeregte Frauenstimme ausrufen. Sie sah sie nicht, weil sie noch immer am Boden kniete und von ihrem Begleiter gestoßen wurde. „Ich fürchte, Sie müssen Ihre Dame mal kurz entbehren." Informierte der Graf den etwas verstörten Begatter unter dem Gekicher der Anwesenden. „Na gut, ein Opfer für die

Allgemeinheit!", lachte er und zog seinen benetzten Prügel aus ihrem Arsch.

Er half seinem gefesselten Bückstück zurück auf die Beine und nahm sich noch einen tiefen Kuss von ihren zitternden Lippen.

„Aufgabe Fünf lautet: Die Musiker entlohnen." Ihre Aufgabe wird es sein, alle sechs Musiker zu befriedigen. Sie können dabei nutzen, was immer sie haben. Hauptsache, sie tragen den Beweis nachher für alle sichtbar an ihrem Körper. Da wir eine solche ausufernde Aufgabe zeitlich begrenzen müssen, dürfen Sie einen der anwesenden Herren bitten, Ihnen zur Hilfe eine Dame zur Seite zu stellen. Sie darf die Vorarbeit leisten, aber nur Sie dürfen den Samen in Empfang nehmen. Wir geben 20 Minuten für diese Aufgabe. „Die Helfende wird dafür aber nicht von ihren sonstigen Pflichten entbunden."

Lisa zupfte Leander am Ärmel. „Bitte lass mich, biete mich an, ich bin so heiß, seitdem ich diese verdammten Dinger in mir habe." „Außerdem sehen die Jungs echt lecker aus", flehte sie.
Das Nachthemd und die Augenbinde auf der Stirn schauten sich langsam um, um sich eine Partnerin zu erwählen.
Als ihr Blick über Leander und Lisa schweifte, hörte sie Leander sagen: „Ich kann meine gerne zur Verfügung stellen, sie wird sich sicher als sehr nützlich erweisen, das kann ich garantieren."

„Oh, ja, darauf hatte ich insgeheim gehofft!", entfuhr

es dem Nachthemd spontan.

Die gesamte Gesellschaft machte sich nun auf, zum anderen Ende des Saales und dem Spiel aus nächster Nähe beizuwohnen.

Lisa nahm die Hand der inzwischen befreiten, aber wieder blinden Frau und flüsterte ihr ermutigend zu, da sie merkte, dass sie sehr nervös war: „Zusammen machen wir sie im Nu fertig." Ich sehe jetzt schon die Beulen in Ihren Hosen. Bleib nur nahe bei mir, ich leite jeden an Dich weiter, sobald er anfängt zu zucken. „Das wird ein Kinderspiel, gleich bist Du ganz klebrig, sag ich Dir!", lachte sie.

Sie hakten sich unter und kicherten.

Vor der niedrigen Bühne lagen Turnmatten aus. Die gleiche blaue mit der rauen Oberfläche, die sie noch vom Sportunterricht kannte.

„Hier, meine Herren." Holen Sie sich, was Sie möchten! " Mit diesen Worten legte sie ihre neu gefundene Freundin rücklings auf die Matte. „Sie hat drei Löcher für eure Schwänze." „Habt keine Hemmung, Ihr dürft euch nehmen, was ihr wollt." Mit diesen Worten zog sie das Nachthemd über ihren Kopf, öffnete mit ihren Fingern ihre Schamlippen und zog ihre Pobacken auseinander, so dass die Herren Musiker auch genau sahen, von was sie redete. Zum Schluss gab sie ihr einen Klaps auf die Wange und befahl ihr, den Mund so weit zu öffnen, wie sie konnte. „Hier, ihr könnte auch hier ganz tief reinstoßen!", schlug sie vor, während sie, wie zu Beweis, tief mit den Fingern ihre herrausgestreckten Zunge entlang glitt. „Spreiz Deine Beine, da kommt schon der erste", bereitete sie sie auf den ersten Stecher vor, der ohne Umschweife seinen harten Prügel tief in ihre feuchte Grotte stieß. „Und keine falsche Scham, fickt sie so hart ihr könnt!" Ihr müsst hier nichts beweisen. Wenn ihr kommt, kommt einfach auf ihre Brüste oder ihr Gesicht – Hauptsache sie ist nachher schön vollgeschmiert! " Diese hemmungslose verbale Einführung brachte nun alle dazu, sich in einer Reihe aufzustellen und ihre wachsenden Intrumente auszupacken. Während der erste noch beschäftigt war, den Takt zu halten, kniete sich Lisa vor den nächsten in der Reihe und schaute ihm tief in die Augen, während sie auf ihre unvergleichliche Weise seinen Schwanz ganz tief in ihrer Kehle verschwinden ließ. Mit der Rechten hielt sie seine Eier fest, kraulte ihn zwischen Sack und Poloch hin und her, massierte mit der Zunge seine geschwollene Eichel und merkte schon bald, dass er Gefahr lief, in ihr zu kommen. Sie zog schnell die zuckende Stange aus ihrem Hals und führte ihn an seinem Sack zum Gesicht der auf der Matte noch hart gefickten Frau. „Mund auf, da kommt schon einer!", lachte sie und sah zu, wie sein Sperma sich über ihr Gesicht ergoss. In diesem Moment kam auch ihr erster Stecher und schaffte es gerade noch, herauszuziehen und seine warme Salve auf ihre Brüste zu verteilen. Sobald er sich zur Seite rollte, ließ sich schon der nächste zwischen ihre Beine auf die Knie fallen und setzte seine dicke Eichel an ihr

Tor. Mit einem erbarmungslosen Stoß trieb er ihn tief in die gerade verlassene Spalte und begann ebenfalls, sie heftig und schnell zu stoßen. Lisa kümmerte sich derweil um den nächsten, der wohl dachte, er müsse brav warten. Sie ergriff seinen Schwanz und führte ihn zum Kopfende, bedeutete ihm, sich hinzuknien, und führte ihn in den Schlund ihrer Partnerin mit den Worten: „Zeig mal, wozu Deine Mundfotze gut ist!" So war sie von beiden Seiten angefüllt. Also nahm Lisa sich der beiden verbliebenen an. Sie legte sich neben die Hauptdarstellerin und öffnete den Riemen zwischen ihren Beinen, nahm die beiden enormen Instrumente aus ihren nassen Löchern und sprach ihre eigene Scham und Pobacken, so gut sie konnte. Sie griff mit ihren Fingern links und rechts in ihre Mölle und öffnete sie so, dass die Herren einen tiefen Einblick bekamen. „Bitte fick mich, so lange Du warten musst", flehte sie in ihrer süßesten Stimme den Violinisten an. Alleine der Anblick und ihre Bitte brachten ihn schon an den Rand des Orgasmus und er konnte gerade noch rechtzeitig in seiner herruntergelassenen Hose zur Hauptakteurin watscheln, um seine Lust auf ihre beschäftigten Lippen zu spritzen. Lisa musste schmunzeln und empfand Stolz, derart auf ihn gewirkt zu haben. Der tief im Mund verborgene Prügel seines Kollegen und der Saft des anderen am Kinn der Gespielin brachte nun endlich den Herrn zwischen ihren Beine zum Crescendo. Auch er ergoß sich brav auf ihren flachen Bauch. Nur noch einer Stand ungemelkt umher und sie hatten noch fünf Minuten auf der Uhr. Da das

Nachthemd noch bis zum Hals beschäftigt war und der letzte Musiker zu zögern schien, hob Lisa ihren Po noch etwa an, verteilte ihren Saft ihrer Geilheit auf ihren vom Plug noch offenen Anus und sagte: „Na, was ist?" Willst du vielleicht lieber meinen Arsch ficken, bis du dran bist? Seine Pupillen schossen wie ein viel zu schnelles Metronom zwischen seines frei gewordenen Primärziels und Lisas Angebot hin und her. Er ließ sich zwischen ihre Beine fallen und schickte sich an, ihren Po zu erobern. Während er tief in ihren Hintern drang, befriedigte sie sich mit den Fingern zwischen ihren hungrigen Lippen. „Fick mich tief!", schrie sie, während sie seine Eichel durch die dünne Haut in ihrem Innern mit den Fingern zusätzlich presste. Aus dem Augenwinkel sah sie, wie der Mann im Mund ihrer Freundin zuckte und sein Samen kurz danach aus ihren Mundwinkeln quoll. 1 Minute noch! Sollte sie noch einen Wechsel wagen oder würde das ihren Hintertürgast aus dem Takt bringen? Sie genoss die Penetration so sehr, dass sie ihn einfach weiterstoßen ließ. Sie spürte, wie sich Hände über ihren Körper tasteten, und plötzlich spürte sie, wie ein paar klebrige Lippen sich um ihren Kitzler stülpen und feste saugen. Sie kam umgehend heftig und laut. Die Kontraktionen, die unweigerlich mit ihrem Orgasmus einhergingen, brachten auch den Letzten dazu, endlich abzuspritzen. Er konnte sich gerade noch aus ihrem Po befreien, um seine Ladung in den Mund des eben noch wild am Kitzler saugenden Gesichtes zu verteilen.

Ein tosender Applaus füllte abermals den Saal. Da die Lippen ihrer Partnerin nicht aufhörten, stark zu saugen, und die Zunge immer wieder über ihre Kitzler fuhr, nahm sie den blinden Kopf in beide Hände und rieb sich so stark sie konnte an ihm, um dann erfüllt zu zucken, ein weiteres Mal zu kommen. Dabei spritzte sie etwas eigene Flüssigkeit in das dankbare Gesicht. Der Applaus erhob sich zu einem unkontrollierten Rufen der Entzückung.

Sie fiel erschöpft auf den Rücken, während die dankbaren Lippen nicht aufhören konnten, inzwischen ihre Brustwarzen zu liebkosen. „Oh mein Gott!", stieß sie hervor. „Danke!" Hörte sie das Nachthemd flüstern.

„Tja, was machen wir denn da?" Alle Musiker in der Zeit entlohnt und zusätzlich noch von der Partnerin bespritzt. „Ich denke, das gibt einen Extrapunkt!", lachte der Graf lauthals.

Ich weiß, den Damen, die bisher noch keine Aufgabe hatten, pocht bestimmt schon ganz heftig der Schoß. „Also werden wir auch direkt mit dem Würfeln fortfahren!" Ein zustimmendes Raunen ging durch die illustre Gruppe.

Es klingelte wieder, als der Graf seine Vase wie eine Glücksfee schüttelte. Bamm – stieß er kurz darauf wieder das Glas auf die Tafel. Nach einem Moment war das Ergebnis klar. „Paar Fünf, Aufgabe Zwei!" verkündete der Graf feierlich. „Ist das nicht unser blonder Engel?" „Wendete er sich an den Herrn mit der Nackten an der Leine." Die Aufgabe zwei lautet: Allgemeingut ist für alle da. Der Herr muss seine Dame allen Anwesenden, außer sich selbst, in den nächsten 30 Minuten zur Verfügung stellen. Ein Nein steht der Dame in der Zeit nicht zu. Jeder und jede kann sich an ihr befriedigen, wie auch immer er oder sie es möchte. Sie ist angehalten, in der gesamten Zeit von bestem Nutzen dabei zu sein. „Sie selbst darf nur kommen, wenn sie fragt und die Gemeinschaft es ihr mehrheitlich gestattet!", las der Graf die Beschreibung der Aufgabe vor.

Lisa hatte den „blonden Engel" schon eine Weile beobachtet. Zum einen, weil sie einen umwerfend schönen Körper hatte, dem das gewählte „Kostum" stand, wie vermutlich keiner anderen. Ein fester, schlanker Körper mit Ansätzen von dieser Muskulatur und kleinen, festen Brüsten, rasierte Scham und ein Gesicht, das die Bezeichnung Engel geradezu verlangte. Während der bisherigen Vorstellungen war ihr aufgefallen, dass sie zwar passiv an ihres Herren Leine geführt wurde, aber immer, sobald er abgelenkt war, ihre schlanken Finger in ihren Schritt vertiefte oder sich mit der anderen Hand eine ihrer Brüste nach oben presste. Es gab kaum eine Dame, die das Geschehen derart intensiv mit ihrem Blick verfolgte – ja, geradezu aufsog.

Lisa vermutete eine unendliche Tiefe hinter diesem stillen Gewässer. Ihr Herr blickte sie skeptisch an, so als wolle er sehen, ob sie zu dieser Aufgabe auch wirklich bereit war. Ihre einzige Reaktion war ein kurzer, gesenkter Blick, der so viel an Bedeutung trug, wie Lisa nie dachte, dass es möglich wäre. Vordergründig war es eine gespielte Scham und bedingungslose Unterwerfung unter seinen Willen. Dahinter sah sie aber auch unbändige Lust und ein Flehen, das fast ein Fordern wurde. „Ich bin zwar zu rein und schüchtern, aber wenn du mich das jetzt nicht machen lässt, werde ich es Dir nie vergessen!" „Lass mich zögern und befehle es mir bitte!", laß sie, und wohl auch ihr Herr, daraus. So übergab er dem Grafen sein Ende der Leine und sagte: „Hier, sie wird sich schon betragen und zu Nutzen sein." Zu ihr gewandt sagte er: „Mache mir bloß keine Schande, verstehst du?" " „Ja, mein Herr, was immer Sie möchten!", log sie in unterwürfiger Stimme zurück, ohne sich ein vorfreudiges Lächeln verkneifen zu können.

Lisa musste schmunzeln und sah an Leanders Gesicht, dass auch er sie durchschaut hatte. „Was für ein Früchtchen!", flüsterte er ihr belustigt zu, als sich der „Engel" an seiner Leine zu den gleichen blauen Matten führen ließ.

Leander

„Du warst übrigens so heiß eben! Ich kann kaum an mich halten, Dich nicht hier und jetzt durchzunehmen. Mein Schwanz tut richtig weh. Ich glaube, der platzt gleich", flüsterte er Lisa ins Ohr, während er ihre Brust ergriff.

„Aber, aber, ich bin ja gar nicht dran.", kommentierte sie zurück. „Da, lass Dich an ihr aus!", deutete sie zu dem Geschöpf, das inzwischen mit geschlossenen Oberschenkeln, Händen auf den Knien und durchgestrecktem Rücken brav wie eine Schwesternschülerin nackt auf der Matte kniete.

Als Erstes schickte sich jedoch der Mann mit dem schwarzen Latexwunder an, sich ihr zu nähern. Alle Anwesenden bildeten wieder einen engen Kreis um die Matten, damit sie bloß nichts verpassten. Fast alle Herren hatten schon ihre Hosenknöpfe geöffnet und der ein oder andere Penis stand schon bereit. Leander fühlte, wie sich Lisas Hände anschickten, auch seine zu öffnen. „Komm, mach es dir doch bequem", sagte sie, als sie seinen gechwollenen Stab aus der Hose hob.

„Na, meine Liebe, wie hättest Du es denn gern?", fragte der Latexbesitzer, als er sich mit offener Hose und eregiertem Penis ihr näherte. „Ganz so, wie Sie es mögen", antwortet sie mit niedergeschlagenen Augen, um im nächsten Moment ihm direkt von unten in die Augen zu sehen. Leander sah, dass ihr eigener Herr sehr zufrieden mit dieser Antwort war und sich stolz im Publikum umschaute.

Der Anblick dieser Grazie, die so willig vor ihm kniete und zu allem bereit schien, war wohl zu viel für ihn und er griff feste in ihre blonden Locken, zog ihren Kopf nach vorne und stieß in ihren sofort geöffneten Mund. Nicht so tief wie er es bei Lisa hätte machen können, aber seiner war auch nicht sonderlich lang. Wie es Aufgabe war, ließ es sie nicht nur zu, sondern fing direkt mit ihren geschlossenen Lippen heftig an zu saugen, und Leander sah, dass ihre Zunge ihn umspielte. Mit beiden Händen nun hielt er ihren Kopf und schob ihn an seinem Schwanz auf und ab. Sie hielt sich an seinen Pobacken fest, drückte ihn mitunter sogar noch tiefer in sich hinein oder hielt ihn fest, wenn er nachließ. Diese zur Schau gestellte Gier und Lust an seinem Schwanz war es wohl, was ihn laut stöhnend und zitternd kommen ließ, ohne ihren Mund zu verlassen. Mit schwachen Knien befreiter er sich von ihrem immer noch heftig saugenden Mund und reihte sich wieder in den Kreis der Zuschauer ein, seinen eigenen Latexschatz küssend umarmend. Ein erstauntes „Oh, Mann!" war wohl seine fünf-Sterne-Bewertung in der Gruppe.

Sie richtete sich wieder in ihre Ausgangsposition und ließ sein Sperma über ihr Kinn auf ihre erregten Brüste tropfen. Mit niedergeschlagenen Augen erwartete sie die nächste Attacke.

Der Herr von Lisas Partnerin von eben trat vor. Er war fast so stattlich ausgestattet wie Leander. Ohne Worte nahm er mit beiden Händen ihre kleinen festen Brüste, drückte sie zusammen und rieb seinen Stab zwischen ihnen auf und ab. Dabei stieß er in langen Zügen mehrmals an ihr Kinn.

Sie reagierte sofort, hielt selbst ihre Brüste fest um seinen Schaft gepresst, und öffnete ihren Mund für seine Eichel, die wieder und wieder auf ihrer ausgestreckten Zung landete. Jedes Mal, wenn er ihren Mund erreichte, leckte sie mit ihrer Zung an seiner Spitze. Es schien, durch die Mischung aus Samen und Spucke eine sehr gleitende Angelegenheit zu sein. Anscheinend war es ihm nicht genug Reibung oder Druck, denn er glitt zwischen ihren Brüsten heraus und zog sie vorn über in eine liegende Position. So auf dem Bauch liegend, die Beine zusammen, bestieg er ihren Po, zog ihre Backen auseinander und versenkte sich ohne Weiteres in ihren Po. Sie hob ihm beflissendlich die Hüfte entgegen und machte, so gut es ging, ein Hohlkreuz. Leander sah, wie sie ihn tief in sich aufnahm, sich ihm gar entgegenreckte und dabei mit ihren beiden Händen unter sich an ihrem Kitzler rieb.

Man sah ihr an, dass sie versuchte, nicht zu kommen, aber sich dennoch immer wieder an den Rand dessen brachte.

Der Mann, der sich mit beiden Händen auf ihrem unteren Rücken abstützte, stieß immer fester und schneller zu, während sie ab und zu ihre feuchte Lust mit den Fingern auf ihrem Anus verteilte. Jedem Stoß begegnete sie mit einem Gegenstoß ihres Pos aufwärts, bis er schließlich mit seinem ganzen Gewicht, tief in ihr versenkt zuckend auf ihr zusammensackte. Sie kippte ihre Hüfte noch ein paar Mal langsam auf und ab, um ihm noch ein paar Züge zu entlocken, bevor er sich einen Ruck gab und das Allgemeingut wieder frei gab. Als Lob gab es einen zarten  Kuss auf ihren Rücken ,während er ihn aus ihr herauszog. Auch hier

Gerade wollte Leander sich ihrer bemächtigen, als er sah, dass die schöne Frau im Latexanzug in den Kreis schritt. Das wollte er dann doch lieber sehen und gab ihr den Vorrang. Sie zog den Lockenkopf wieder in ihre kniende Ausgangsposition, ganz so wie man und öffnete einen Reisverschluß, der vom Hals über die gesamte Front zwischen ihren Beinen durch bis fast zur Mitte ihres Rückens ging. Sie begann ihre geschwollene Möse mit hohem Druck an der Schulter und am Oberarm zu reiben. Kippte ihre Hüfte vor und rieb sich an ihr wie eine heiße Hündin am Stiefel ihres Herrchens. Mit jedem Mal wanderte sie etwas weiter an ihrem Arm entlang, bis sie auf der Höhe ihrer spitzen Knöchel der Hand herrschte. Dort schien sie zumindest kurzfristig gefunden zu haben, was sie suchte. Sie hielt den blonden Kopf fest zwischen ihre Brüste gepresst, während ihre Hüfte immer wieder vor und zurück wippte, wild den Kitzler an dem zur Nutzung freigegebenen nackten Körper reibend. „Halt still!" hörte er den Befehl des schwarzen Glanz, als sie sich anschickte, ihre Hand umzudrehen, um vielleicht noch dienlicher zu sein. „Mach nur eine Faust!", bat sie. So auf den Knöcheln der auf den Oberschenkel gepressten Faust reibend, kam sie in einem Konzert von Muskelkontraktionen, entließ den Kopf aus ihren Brüsten und stand auch direkt wieder auf. Sie nahm sich zum Abschied noch einen tiefen, erwiderten Kuss von ihren vermutlich noch salzigen Lippen.

Lisa

Das Bild des lüsternen schwarzen Gummiwesens, so wie es sich an dieser nackten Frau abrieb, ganz so als würde hier das „Objekt" objektifizieren, war ihr irritierender Weise sehr zugänglich. Sie konnte sich so gut in beiden Frauen hineinfühlen.

So im Zentrum aller Begehrlichkeiten stehen, eher knieen in diesem Fall, muss doch ein enormer Egobooster sein.
Dass alleine ihr bloßer Körper solch eine Wirkung auf alle ausüben kann, ist bestimmt positiv fürs eigene Körpergefühl, dachte sie.
Sexy fühlt man sich ja hauptsächlich in der gespiegelten Lust des Gegenübers.

Der Begriff des „Allgemeingut" traf sie an ihrem mentalen G-Punkt.
Diese fast nicht auszuhaltene Objektifizierung, die in diesem Begriff mitschwang, versprach für sie eine ganz bestimmte Freiheit.
Einmal nicht für ihre sexuelle Attraktivität verantwortlich gemacht zu werden. Einem Objekt wirft man ja auch nicht vor, schön zu sein. So würde sie die Lust, die sie ausstrahlt und in anderen erregt, ungehemmter genießen können:

„Ich bin nicht schlecht. Ich bin bloß so gezeichnet", wie Jessica Rabbit es so treffend formulierte.

Aus dem Schauspiel dieser beiden zarten Körper aufgetaucht, bemerkte sie, dass sie noch immer Leanders pochenden Schwanz mit festem Griff auf und ab rieb. Sie projezierte das Gefühl in ihrer geschlossenen Hand auf ihren geschwollenen Scheidengang und vergaß ganz, dass Leander gleich kommen musste, wenn sie nicht sofort aufhörte. Mit einem „Oh, Entschuldige!" ließ sie ihn aprupt los. „Kommst Du schon?" „Fragte sie leise in sein Ohr, während sie auf seine glänzende Eichel schielte." „Fast" keuchte er.

Jetzt war aber Leander dran. Sie spürte wie ein Ruck durch seinen Körper ging, als er sich in die Mitte zum Objekt der allgemeinen Begierde begab. Es schien als würde er ihr zärtlich über den Kopf streichen und ihr in die Augen schauen. Dann flüsterte er ihr etwas zu, seine Hand auf ihrem Kopf lag da wie die Hand am Zügel, kurz vor dem Galopp. Als sie die Augen niederschlug und mit dem Kopf nickte, glaubte Lisa hinter der devoten Mimik verschmitzte Vorfreude zu erkennen. Im selben Moment riss er ihren Kopf herum und fickte dieses unschuldige Gesicht fest und gnadenlos bis tief in den Hals in langen Zügen. Wie er den Lockenkopf immer wieder auf seine Stange schob und ihre gierige Zunge seine Eier suchte, erinnerte sie das an den Abend bei Leander, als er sie zum ersten Mal so genommen hatte wie sie es liebte. Mit etwas Neid, keine Eifersucht, genoss sie die externe Perspektive auf das, was sie gerne als ihre Rolle bezeichnen würde. Leanders Slut, Leanders Löcher, Leanders loyale Weggefährtin in ihre und seine Sexualität. Sie stellte sich vor, er nähme sie stattdessen so durch und genoss das Schauspiel, heimlich mit Leanders Fernbedienung spielend. Als er offensichtlich mit ihrem Hals fertig war, legte sie sich, wie wohl abgesprochen, auf den Rücken und nahm die Beine hinter ihre Schultern. Ihre offengelegten Schwanzlöcher derart lieblich aufgereiht, bedient sich Leander der gesamten Auslage. Er wechselte ständig die Öffnungen, während er sie wieder und wieder in die Tiefe stieß. Ihr Gesicht hatte inzwischen alle Unschuld verloren und spiegelte nur noch die Geilheit einer glücklichen Frau. Einer, die ihre Lust und Begierde ausleben kann. Wahrscheinlich, vermutete Lisa, hätte sie sich nie von selbst in die Position begeben, nie zugegeben, dass sie in allen ihren Körperöffnungen stoßende Schwänze fühlen will. Nie würde sie wahrscheinlich zugeben, dass es ihr egal ist, wer genau sie gerade fickt. Sie sich nicht für den einen aufsparen will, nicht über Turnschuhe oder Schlösser nachdenken, sondern bloß ihrem gottgegebenen, lustvollen Körper hingeben. Lisa stellte innerlich den Kopf schräg. Wie ein Vexierbild, war dieses Spiel einerseits das hemmungslose Ausleben ihrer geilsten Fantasie, und gleichzeitig kein besseres Bild für die weibliche Sexualität in der Gesellschaft. Ihre passive Erregung der Öffentlichkeit ist gefordert und wird lukrativ in Umsatzzahlen umgesetzt. Wer etwas zu verkaufen hat, stellt eine fuckable Frau daneben. Eine Multimilliardenindustrie lebt weltweit von dieser Notwendigkeit der Frau, in der Öffentlichkeit attraktiv zu wirken. Wir sind doch alle dieses öffentliche Objekt, angehalten, noch dem letzten gegenüber zumindest angenehm zu sein, dachte Lisa. Leander war schon echt lange mit ihr zugange, bedenkt man in welchen Zustand ich ihn hab gehen lassen, schmunzelte sie. Sie sah aber schon die typischen Zeichen, dass er kurz vor seinem Orgasmus stand. Leander hörte auf, küsste das Objekt zart und half es in seine Grundposition zurück. Auf dem Weg zu ihr sah sie, dass seine pochende Latte direkt auf sie gerichtet war. Bis er bei ihr war, hörte sie noch dreimal wie sich das Objekt durch den Beifall hindurch bei ihm bedankte, bevor es vom nächsten in Beschlag genommen wurde. Lisa konnte sich nur schnell hinknien und ihm ihre momentan einzige offene Stelle zur Verfügung stellen. Er schaffte es gerade so und packte ihren Kopf so hart und leidenschaftlich, so unmissverständlich wollend wie noch nie und fickte sie wild, fast brutal, wie ein Tier in ihren Mund. Sie genoss seine Lust, aber auch die Dehnung in ihrem Hals. Sie stellte sich vor, sie hätte da noch einen Scheidengang, in den er in sie eindringen kann. Das veränderte das Gefühl im Hals. Es waren nur wenige Züge, da fühlte sie schon das zuckende Schwert sich in ihr entladen.

Leander

Ihr Blick sagte ihm, dass die Tatsache, dass er lieber sie besamen wollte, ihr besonders gefiel. Er meinte es auch irgendwie romantisch. Er spürte noch immer die verschiedenen Körperöffnungen um seinen Schaft zucken. Seine Eichel genoss die Pause sehr. Mit Lisa, die unter seinen Arm gekuschelt war, genossen sie noch gemeinsam das Schauspiel wie die letzten Benutzer von ihrem Recht Gebrauch machten. Es gab einen riesigen Beifall der Gemeinde und das Objekt wurde wieder in den Privatbesitz entlassen. Stolz und aufgegeilt bis zum Bersten, nahm ihr Besitzer sie in seine liebenden Arme. Es gab eine Pause, in der man Konversation mit den anderen Paaren machte. Alle waren ganz normale Leute aus allen Schichten der Gesellschaft. Sich liebende Paare zumeist. Nur ein anderes Pärchen war, wie sie, noch am Anfang ihrer gemeinsamen Reise. Es gab sogar Gelegenheit zu tanzen. Ein Schlag mit dem bekannten Gong, und die Gäste wurden für das nächste Spiel in die alten Stallungen gebeten. Man versammelte sich vor einem brennenden Kamin bei Getränken der Wahl. Fingerfood hätte er gesagt, wäre es nicht so schick angerichtet, lag vereinzelt auf silbernen Tellern aus. Den original gehaltenen Teile der 300 Jahre alten höfische Stallungen, sah man ihre Geschichte an. Gemäuer und die breiten Holzbalken waren alt und man sah ihnen an, dass viel unter ihnen passiert sein musste. Das Sextett war natürlich auch hier dezent zu Diensten. „Habt Acht, meine Herren und herrlichen Geschöpfe, wir haben nun die zweite Hälfte dieser Nacht erreicht. Noch wurden manche der Damen vernachlässigt. Aber die Würfel sind gnadenlos. Keine Sorge, hier kommt jede dran. Die Aufgaben der zweiten Hälfte sind, sagen wir mal, etwas sportlicher gehalten. Aber ich will weder etwas vorwegnehmen noch meine lieben Gäste länger auf die Folter spannen. Also, lassen wir die Würfel entscheiden!", sprach der Graf zuletzt. Dann vollführte er die gleiche dramatische Bewegung und schlug das dickwandige Würfelglas auf den Tisch.

„Hört, hört! Die Würfel haben gesprochen. Die Aufgabe 5 für das Paar Numero 3. Hervorrage Aufgabe! War echt nicht leicht zu arrangieren", lobte er sich. „Ich glaube wir haben da auch die richtige Kandidatin", zwinkerte er in ihre Richtung. „Wir nennen die Aufgabe liebevoll Melkzeit. Wir haben in jeder Doppelbox ein Zimmer eingerichtet, unterschiedlich ausgestattet, bilden sie verschiedene Spielzonen." Sie wurden an den Boxen vorbei geführt. Anstatt einer Holzwand war zum Gang hin eine Glaswand eingezogen. Die Männer in den Räumen waren sich der Gruppe nicht bewusst. Dafür mussten sie sich leise Verhalten und durften bloß nicht klopfen. Die erste Box war ein Praxisraum, ein junger gut trainierte Mann saß auf der Liege und spielten gelangweilt mit seinem Handy. So wie er in ihre Richtung blickte war Leander klar, dass die Wand von innen verspiegelt sein musste. In der Box nebenan, sah man einen Mann ganz beschämt in einem Warteraum mit einer Mappe mit Bewerbungsunterlagen warten, während auf dem riesigen Monitor an der Wand irgendwer härtesten Porno laufen lässt. „Der arme, der denkt, der ist für einen Job hier. Nein, sie werden nicht die einzige sein, die ihn heute entlohnt." In der dritten Box waren zehn Männer nackt, mit gespreizten Beinen und Armen mit Metallmanschetten an die Holzwände geschraubt. Unfähig sich zu bewegen. Fünf links, fünf rechts. In der Mitte zwei Monitore mit besagten Videos. „Die hingegen wissen genau was sie erwartet", lachte er. "Wenn ich „Melkzeit", rufe, muss eine Person des ausgewählten Paares innerhalb von 30 Minuten von Box zu Box wechseln, um Sperma abzuzapfen. Wichtig ist es, dass unsere Täuschungen nicht auffliegen. Wir haben passende Kostüme. Allerdings gehört dazu eine gewisse Lust am Seitentausch. Wer sich so gar nicht vorstellen kann zu dominieren, kann bestimmt auch tauschen. Wir haben die Männer entsprechend für das Spiel ausgewählt. Für die geht ein Traum in Erfüllung, ohne dass sie es wissen." „Boah, da hätte ich voll Bock drauf! Flüsterte Lisa Leander zu. Was fiel, 3?! Was waren wir noch mal?" , fragte sie. Leander grinste sie breit an und hielt ihren Zettel mit der 3 hoch. Lisas Quieken und auf und ab springen, blieb nicht unbemerkt und alle Klatschten und machten ihr, zumeist erleichtert, Mut auf dem Weg zur ersten Tür. Lisa küsste ihn und sagte: „Für den nächsten Kuss willst du bestimmt, dass ich erst etwas Wasser trinke", zwinkerte sie ihm zu, entledigte sich des Dildo-Geschirrs und zog sich den viel zu kurzen weißen Kittel über. Sie klopfte zweimal kurz und stürmte dann geschäftig ins Zimmer. Guten Abend, wer sind sie? „Der Typ der jetzt eine geschlagene Stunde warten musste. Was ist denn das für eine Praxis?" war seine verärgerte Antwort. „Den Namen bitte, forderte Lisa bestimmt." „Peter Grauer. Warum bin ich hier?" „Sie sind doch Sportler, nicht wahr? Für den nächsten Wettbewerb brauchen wir noch ein paar Proben, sonst können sie nicht antreten. Ziehen sie sich mal aus, ich habe nicht die ganze Nacht Zeit." „A.. Alles? Warum?" „Weil ich das sage, also, bitte!" Die Stimmen konnte man von außen sehr gut hören. Es mussten aber noch Mikros und

Lautsprecher im Spiel gewesen sein, denn man konnte sein in den Bart grummeln hören, als er notgedrungen blank zog. Lisa machte das souverän. Unaufgeregt, fordernd und gnadenlos sachlich. Man sah wie dem Mann ihre Attraktivität unangenehm war. Er hielt sein wachsendes Geschlecht mit zwei Händen notdürftig verdeckt. Ohne sich umzudrehen, ordnete sie an, er sollen vornüber gebeugt seinen Oberkörper auf die Liege legen, sie müsse jetzt seine Prostata untersuchen. Da sein Zögern ignoriert wurde blieb ihm nichts anderes als zu folgen. Lisa ließ ihren Latexhandschuh flitschen und sagte: Bitte spreizen sie ihre Pobacken mit beiden Händen. Weiter!" Dann quetschte sie etwas Gleitgel aus einer Flasche auf seinen Anus und ihre Finger. „So, das drückt jetzt etwas.", kündigte sie ihre zwei eindringenden Finger an. Mit der anderen Hand strich sie derweil am muskelbepackten Innenschenkel des Mannes aufwärts. Gerade wollte er sich empört aufrichten. „Also wirklich was ma..." konnte er noch sagen, als Lisa ihn am Ansatz seines wachsweichen Schwanzes und Hoden Griff, seinen Oberkörper mit ihrem ruppig auf die Liege zurückstieß und ihm ins Ohr flüsterte: „Du hältst jetzt still du notgeiles Stück, ich sehe doch wie geil du auf mich bist. Ich bin nass seit dem ich hier hereingekommen bin. Halt still! Leg dich auf den Rücken. Rutsch hoch, ich will jetzt deine Zunge!" Diese Worte ließen ihn in eine Art Trance fallen, in der er nur noch reagierte und folgte. Seine Aufmüpfigkeit schien verflogen. Sie ließ die Liege nach unten fahren, bis sie sich auf sein Gesicht setzen konnte. Das Kopfteil war zum Glück deutlich schmaler als der Rest. Leander bezweifelte aber, dass Zufall dabei eine Rolle spielte. Anscheinend schien er sie sofort gierig auszulecken und, nach ihrem Gesicht zu urteilen, gar nicht mal so schlecht. Man sah wie sie sich, fast auf seinem Mund verlierend, zusammenriss und anfing gezielter einen Schwanz zu wichsen der seinen noch überragte. Etwas dünner, stellte er mit Genugtuung fest. Lisa rieb ihre nasse Möse fest über sein gesamtes Gesicht, nicht nur Zunge, sondern auch Nase und Kinn schien sie zu ihrer Befriedigung zu reiten. So sah also ein Facefuck aus, dachte Leander. Ob man das als Männerkosmetik in einem Spa anbieten kann? Bestimmt.

Lisa

Er trug einen Dreitagebart, das spürte sie besonders prickelnd, wenn sie ihren Kitzler und Schamlippen über sein inzwischen dankbar entgegen gerecktes Kinn rieb. Seinen langen Schwanz rieb sie fest mit beiden Händen und versuchte mit dem Mund an seine inzwischen schon glänzenden Eichel zu reichen. Dazu müsste sie den Druck aus seinem Gesicht, sprich, von ihrem Kitzler, opfern. Das war indiskutabel. „Willst du auch mein Gesicht ficken? Dann heb gefälligst deine Hüfte du faules Vieh!" , raunzte sie ihn an. Umgehend stieß er mit der Hüfte, so hoch er konnte, ihrem Mund entgegen bis er fast eine Kerze vollführte. Sie nahm wahr, wie ihr dieser Gehorsam gefiel und fing an, Leander noch besser zu verstehen. Sie konnte ihre Befriedigung voranstellen und seine Kooperation dafür einfordern, wenn er auch etwas davon haben wollte. So bequem hingehalten, ließ sie ihn mehrmals mit der Spitze in ihren Mund stoßen, während sie weiter ihre Hände pumpen ließ. Er war bald reif. Lisa wollte aber unbedingt auf diesem harten und unrasierten Kinn kommen, also ritt sie ihn fester und härter bis sie heftig kam. Ihr Orgasmus in seinem Gesicht war das Quäntchen, dass auch ihn explodieren ließ. Weil sie mit ihren eigenen Nachbeben beschäftigt war, erwischte sie sein Schwall in voller Pracht im Gesicht und blieb dort erstaunlich solide hängen. Es ertönte eine Durchsage, Frau Doktor müsse sofort in die Notaufnahme. „Zieh dich an, du Ferkel! Blaffte sie und flüsterte ihm mit einem zarten Kuss auf seine benetzte Stirn hinterher, „Es war schön, ich danke dir." Sie konnte ihn nicht so gänzlich missbraucht zurücklassen, schon fürs eigene Ego. Draußen begrüßte sie Leander und küsste sie auf die wohl einzige freie Stelle in ihrem Gesicht. „Da ist ja eine echte Domina an dir verloren gegangen." Sagte er voller Stolz. Aber echt, dachte Lisa, diese andere Seite gefiel ihr sehr, vor allem mit fremden Männern. Die Sorgen, sie wären körperlich überlegen, was mit Fremden ja nicht immer sexy sein kann, konnte sie in der Rolle fast vergessen. Sie hatte die Macht. Das fühlte sich stark an, frei, nur von der einhergehenden Verantwortung für ihre Untergebenen beschränkt. Klar, es war Melkzeit, also mussten die Herren wohl auch kommen, aber sie spielte das Spiel bewusst so, dass es ihr gefiel. Sie verstand auch, dass Leander mit der Rolle nicht nur frohlockt, wo die Freiheit genossen werden will, verlangt die Verantwortung nach einem Plan. Dazu musste sie denken, sich in den Gegenüber versetzen und vorher wissen, was sie tun möchte. Das kam bestimmt irgendwann im natürlichen Flow des Aktes aber da war sie noch nicht. „Ok, Lisa! Das war nur ein Pröbchen. Jetzt lasse ich meine Domina so richtig raus.", pepp-talkte sie sich zu. Während sie Leander in die Augen blickte. Es war ein Versprechen an sich und an ihn. „Bleibt das?", fragte Leander mit einem Blick auf die langsam herab laufenden Ladung ihres letzten Opfers. Ja, das blieb, das baute sie einfach bei der nächsten Stufe mit ein. Raus aus dem Kittel, rein in Business Rock und Sakko. Der arme, dachte sie schmunzelnd, als sie durch die Scheibe den jungen Mann betrachtete, der gleichermaßen mit seiner Scham und seiner Stange zu kämpfen hatte. Sie zwinkerte Leander zu und riss die Tür auf. „Warum schauen sie hier denn so etwas? Sie wissen schon, dass sie sich für eine wichtige Stelle bewerben, meinen sie, sowas gehört hier hin? „Aber ..., aber, ich schwöre, ich habe das nicht ausgewählt. Das ging einfach an. Ich würde nie sowas anschauen." Beteuerte der arme. „Ah, sie stehen also eher auf Männer." „Nein!", entgegnete er entrüstet, vielleicht etwas zu entrüstet, dachte Lisa. Na, egal, zeigen sie mal ihre Referenzen? Sie setzte sich an einen Schreibtisch, direkt vor dem Großbildmonitor auf dem laufend erregierte Schwänze in verschieden weibliche Öffnungen stießen. Er stand schüchtern auf, um seine Mappe zu ihrem Tisch zu bringen. Leicht vorn über gebeugt. Selbst die Mappe vor

seinem Hosenstall konnte seine riesige Rute nicht
verbergen. Lisa blätterte lustlos in seinen
Unterlagen. „Ja, das ist ja alles gut und schön, aber
eine letzte Referenz muss ich schon noch sehen."
Dabei blickte sie unverhohlen auf seine längliche
Beule in der Hose. „Was... was meinen sie? Ich zeige
ihnen ja alles, was ich habe aber mehr ist nicht in der
Mappe." „Wer spricht denn von der Mappe?" „... „
entgegnete er eloquent. „Mensch, deinen Schwanz!
Ich will deinen fetten Ständer sehen und wenn er gut
ist, fickst du mich damit immer montags, das ist Teil
der Jobbeschreibung! Du bist mein Montagsfick. Ich
habe sieben Assistenten. Verstanden?" „Äh, jawohl
Frau Chefin" beeilte er sich zu gehorchen und öffnete
seinen Hosenstall. Hinaus schnellte ein sehr erregter
dicker Schwanz und stand gehorsam in Habt acht,
den purpurnen Kopf hochgestreckt. „Zieh dich ganz
aus.", befahl sie. Sie mochte männliche Körper . Die
Verletzlichkeit, die in totaler Nacktheit liegt, stand
ihren starken Körpern gut, dachte sie gerade. Sie
schritt um ihn herum und ließ ihre Hand dabei über
seinen Oberkörper streichen. So ein junger
makelloser Körper, leicht trainiert und durch und
durch fest. Flacher Bauch und deutlicher V Muskel an
den Lenden, seinen schönen steifen Schwanz
betonend. Seine Pobacken waren kleine Äpfelchen,
in die man sich gerne fest krallt, dachte sie, während
sie sich in ein Bäckchen krallte. Nicht, dass da viel zu
bewegen war. Ihn angrapschen zu können, ohne dass
er sich wehrt, dass sein Körper ihr gehört, erregte sie
fast wie selbst bessesen zu werden. „Ok, mein süßer.
Ich will, dass du dich auf das Sofa dort setzt und

masturbierst wie du es zu Hause tust. Keine falsche Scham. Ich will es sehen." Er folgte sofort, setzte sich, spreizte seine Beine weit, stieß mit seinem angeleckten Finger tief in seinen Po und rieb mit der anderen Hand erst langsam, dann wilder als sie es sich je getraut hätte, seine Latte. Sein Finger, wie selbstverständlich in seinem Knackarsch ein und aus fahrend, der feste wilde Griff um seine enorm aufgeregte, dicke Rute und sein devotes Gesicht, dass „Mach ich das auch gut so, bin ich gut genug für dich, magst du mich so?" fragte, ging ihr direkt zwischen die Beine. Die Lust, die in dieser Abhängigkeit und Demütigung liegt, kannte sie nur zu gut. Sie griff unter ihren Rock und hielt ihre Perle fest, bevor sie explodierte. Gerade wollte sie sich auf diesen scheinbar komplett erigierte Körper setzen, da kam er im hohen Bogen auf ihren linken Schuh. Auch wenn sie Pech hatte, war es schön diesen lustvollen Körper endlich befriedigt zu sehen. „Das leckst du sofort wieder sauber!", erklärte sie ihrem, gerade wieder zu sich kommenden Montagssklaven, und zeigte auf ihre besamten Schuhe. Als er vor ihr auf dem Boden kniete und offensichtlich genüsslich ihren Schuh leckte, sich immer wieder zwischendurch für seine Sauerei entschuldigte, kam die bekannte Durchsage, Ihre Anwesenheit sei auf der Laderampe vonnöten. „Zieh dich an, du beginnst am Montag!" , verabschiedete sie ihn mit einem Kopftätscheln. Im ersten Moment konnte oder wollte sie bei Leander nicht switchen um gleich wieder zurück zu switchen. Aber das brauchte sie gar nicht, Leander war gar nicht Teil ihres Dominanzspiels merkte sie. Er schaute sie stolz an, wie ein Teamplayer, der sich für sie mit freut. Sie war auch stolz auf sich. Es machte richtig Spaß Dienste zu fordern, anders als zu Diensten zu sein. Nicht besser oder schlechter, sie mochte beides stellte sie fest. „Ok, meine neu erweckte Domina, sie hat noch 8 Minuten für 10 Bullen. Ich schlage vor, sie hält sich ran." Trieb der Graf das Spiel nach vorne. Sie betrachtete den Raum. Die zehn absoluten Gladiatoren konnten sich tatsächlich gar nicht bewegen. Handgelenke und Fesseln fest mit der Wand verschraubt, nur ihre Hüfte war mobil. Allen war ihr aufgegeilter Geist im Gesicht anzusehen. In dem Zustand würden die ihre Schwänze in jedes Loch stecken, egal ob feucht oder M55., dachte Lisa gleichermaßen aufgegeilt. Sie hatte ja schließlich selbst drei dankbare Löcher, die sich schon in der Praxis nach Füllung sehnten. Für diese Runde wollte sie so nackt sein wie ihre Spielzeuge. Sich an ihnen reiben mit so viel Haut wie möglich. Es war durch die generelle Beheizung und den zehn sexy Heizkörper an der Wand, recht schwül und roch nach männlicher Lust, nach erregtem Schweiß, Hoden und Lusttropfen von zehn über die Maße aufgegeilten Männern. Als sie leise die Tür öffnete und sich hineinschlich, wurde sie von den aufgewühlten Bullen nicht sofort bemerkt, weil hier die Monitore nicht auf Stumm standen, sondern den Raum anregend bestöhnten. Eine Reihe von fünf männlichen Oberkörper, fünf Waschbrettbäuchen, fünf Lenden und fünf stattliche erregte Penisse, standen für sie zur Verfügung. Gerne hätte sie mehr

Zeit hier verbracht. Eine Woche mit einem Schraubenschlüssel wäre gut, dachte sie. Da alle auf den Monitor vor ihnen blickten, konnte sie sich an den ersten ran schleichen. Ihr unvermittelter Griff an sein erregtes Geschlecht ließ ihn erschreckt aufstöhnen. „Ui, Lady!" Sie zischte schnell in sein Ohr, bloß still zu sein. Sie unterstützte ihre Forderung mit einem festeren Griff. Dann fing sie langsam an den dankbaren Mann mit ihrem festen Griff zu ficken. Sie spürte jede Ader auf den hart aufgepumpten Schwellkörpern in ihrer Handinnenfläche. Das wollte sie eigentlich schon lange in ihrer nassen und gierig geschwollenen Fotze spüren. Sie zog sich an seinen starken, gefesselten Arme hoch zu seinem Gesicht und küsste ihn innig, während sie sich auf seine Stange sinken ließ. Sie wusste gar nicht, was im Moment geiler war. Das Eindringen in ihre gedehnte Möse oder, dass sich ihr gesamter nackter Körper an diesem nackten harten, rauen männlichen Körper so großflächig rieb. Ihre Nippel spürten jedes Brusthaar. Sie fühlte sich wie auf einem Rodeo, nur dass der Bulle sie schon auf dem Horn hatte. Seine Hüften stießen wild in sie hoch, sodass sie kaum mit den Füßen auf den Boden kam. Wie bei einem echten Rodeo war es auch nach wenigen Sekunden vorbei. Nur dass der Bulle verloren hat, oder gewonnen, wie man es sehen mag. Jedenfalls war der erste schon mal gemolken. Die anderen Männer haben sie natürlich inzwischen gesehen und johlen und Pfeifen um sie zu sich zu locken. Manche riefen „Muh" wie eine Kuh mit vollem Euter. Sie hatte unter einer Minute pro Mann. Steif und erregt waren sie alle schon. Das sollte doch gehen. Sie ging zum nächsten Schwanzständer und kniff ihm in die Brustwarzen. Das war in der Situation auch bei ihr garantiert erregend. Sie kniete sich, ohne den Augenkontakt mit ihm zu verlieren, lächelte und ließ seine schon zuckende Lust langsam aber unendlich tief in ihren Hals gleiten. Sie mochte es zu sehen wie Staunen, Geilheit und körperliche Empfindungen währenddessen über ihre Gesichter flatterten. Kaum fing sie an seine Eier zu kraulen, kam er schon, wild am ganzen Körper zuckend. Den Beleg dafür ließ sie langsam von ihrem Kinn tropfen. Die nächsten vier wichste sie einfach nur mit den Händen ab, eine Hand an den Eiern die andere Wichste die mit Spucke geschmierten Lunte. In ihren Augen beobachtete sie dabei das Feuerwerk ihres Orgasmus bevor es, dem Donner gleich, sich Millisekunden später in ihrer Hand manifestierte. Ihr gefiel nicht nur die Macht, sondern auch die Sicherheit vor den fixierten Muskelmänner. So konnte Sie einen Mann in Ruhe verrückt machen, ohne dass er sie packen und sich an ihr befriedigen konnte. Irgendwie fehlte ihr das gepackt werden aber schon, bemerkte sie.

Sie wollte sie nicht nur melken, eigentlich wollte sie endlich ihren Körper mit Schwänzen füllen. Alle Öffnungen luftdicht bis zum Anschlag durchficken lassen. Da entdeckte sie einen großen grünen Knopf auf dem in großen Buchstaben: „Release." Stand. Ach, das war auch eine Option? Wunderte sie sich und schlug mit Vorfreude auf ihn ein. Im selben Moment schienen 80 Riegel sich zu lösen und 80 Glieder wurden gleichzeitig befreit. Ein wilder Freudenschrei ging durch die aufgegeilten Männer. Sie hatten etwas zurückzugeben. Im nun wurde sie an Armen und Beinen gepackt und ihre Möse wurde zwischen ihren von Männerhand gespreizten Beinen offen gelegt. Für jeden zur freien Verfügung. Die Seiten waren vertauscht. Jetzt war sie das fixierte Lustobjekt. Das hilflose Sex-Spielzeug, das jedem gehörte. Es dauerte nur ein paar Sekunden bis sie in ihrer Möse und Po wild stoßende Schwänze fühlte. Waren da jetzt zwei in ihrem Po? Nein, jetzt sind zwei in ihrer nassen, gierig gedehnten Fotze. Noch bevor ihre Zeit ablief, war sie gefüllt und bedeckt von Sperma von 10 Männern. Es klingelte l aut und sie vernahm das Jubeln ihrer zuschauenden Gruppe während sie dem letzten noch eine zweite Runde auf sich gönnte.

Als sie so versaut und triefend von männlicher Begierde, wieder vor Leander stand, sah sie seine Gier mit seiner Zurückhaltung kämpfen. Es war schon verständlich, dass er sie so bekleckert nicht abküssen wollte. Sie fände das auch irgendwie strange.

Sie durfte duschen gehen und sich wieder in Form bringen. Als sie zu der Gruppe zurück kehrte sah sie Leanders Stange für sie parat stehen. Gerade wollte sie ihn erleichtern.

Aber noch nie hatte sie so schnell alle Lust und Geilheit aus den Augen eines Mannes schwinden gesehen. Als in dem Moment der Graf leise in Leanders Ohr flüsterte: „Sie hatten mich beauftragt, ihnen Bescheid zu geben, falls ihr Telefon klingelt." „Es klingelt gerade in der Umkleide."

„Mist!" Hört sie ihn fluchen. „Ich hatte alle Nummern blockiert, außer einer." Das wird mein Kunde sein. Das muss dringend sein. „Das kann ich leider nicht ignorieren."

Als Leander nach hinten gegangen war, fühlte sie sich plötzlich fehl am Platz. Nur noch Ihr Kribbeln im feuchten Schritt wollte noch dort bleiben..

Nachdem sie neidisch mit ansehen musste, wie das „Allgemeingut" nach und nach in all ihre Öffnungen penetriert und von einem Orgasmus zum nächsten getrieben wurde, steckte Leander endlich seinen Kopf aus den hinteren Räumen hervor und bedeutete Lisa, zu ihm herüberzukommen.

„Das war die ESA, ich muss wohl ganz schnell nach Kourou." Es gibt einen Notfall auf der ISS. Um ganz ehrlich zu sein, keine Ahnung, was ich da soll. Willst DU mitkommen? Die fliegen mich extra mit einer Militärmaschine rüber. „Da wird noch ein Plätzchen frei sein für Dich, vor allem wenn ich darauf bestehe." Zwinkerte er ihr zu.
„In ca. 30 Minuten bringt uns ein Auto zum Militärflughafen", ließ er die gerade eingetroffene SMS vor.

Kouro, das ist doch in Südamerika! Sie rief ihre Mutter an, um sie zu bitten, noch etwas länger auf die Kinder aufzupassen.

Ja, ich komme gerne mit. Wie lange wird das denn gehen? "

„Ehrlich, keine Ahnung." Lange wird es nicht dauern können, ich bin ja nur der Designer der Bedienungstafeln. Vielleicht muss ich der Notmannschaft die neue Bedienung erklären. „Kann sein, dass die noch nicht darauf trainiert wurden."

Damit sie nicht den erregten Abend stören, schlichen sie sich raus, ohne sich zu verabschieden.

„Also, Da sind uns zwei leckere Tanzpartner entgangen. Sei es drum, das nächste Spiel beginnt in 15 Minuten. Bitte finden Sie sich am anderen Ende des Saales ein. „Wir haben da was vorbereitet", hörten Sie noch durch die langsam zufallende Tür den Grafen anweisen.

Aber ich brauche andere Klamotten. Mein Kleid ist viel zu dünn für so eine lange Reise. Außerdem trage ich auch nichts anderes drunter als Dein Ledergeschier mit den Dildos in mir.
„So halbnackt wie ich gerade bin, will ich wirklich nicht in einer Militärmaschine mit 100 notgeilen Soldaten sitzen." Sagte sie, auch wenn mit jedem Wort dieser Aussage sich unweigerlich eine Fantasie entspann, die sie Lügen strafen sollte.

Ein olivgrüner Geländewagen brachte sie zu einem hermetisch abgeschlossenen Flugfeld, auf dem ein großer, vierpropelliger Airbus A400M mit laufenden Motoren bereitstand.

Zum Glück war die Soldatin, die sie gefahren hatte, so nett, ihr eine Jeans, T-Shirt und Pullover zu leihen und beim Umziehen nicht zuzuschauen. Dafür bekam sie auch eine ganz besondere Ausrüstung von Lisa.

Leander wurde sofort von den wartenden Ingeneuren belagert, und sie selbst wurde von zwei Soldaten über eine Rampe am Heck in den Laderaum der Maschine geführt. Sie kam sich vor wie in einem schlechten Film. So einer, in dem das Militär seine Potenz zeigen kann und damit jede noch so schöne Story als bloßes Rekrutierungswerkzeug misbraucht.

Wie groß so ein Flugzeug sein kann, vor allem wenn es keine Sitzreihen und Bordküchen beherbergt! Der Innenraum war eindeutig nicht für sie gemacht. Hier sollten sich Panzer und Paletten mit Munition wohl fühlen. Keine Menschen.

Unverkleidete Wandkonstruktionen mit gelochten Aluträgern und genieteten Verbindungsblechen waren zwar zweckdienlich angeordnet, zeigten aber auch deutlich, wie wenig hier auf menschliche Bedürfnisse geachtet wurde. Krieger sind so lange totgeschrieben, bis sie lebend zurückkehren. Erst dann geben wir ihnen Paraden. Das ist am Ende billiger.

Der Laderaum war fast leer. Auf der linken Seite scherzten die dreißig jungen Rekruten miteinander um die Alphaposition auf ihrer ersten Mission.

Die einzige Ladung, die am Boden fest verschnürt war, war ein kurzer Transportcontainer mit Tür und verschiedenen Lüftungsschlitzen an der einen Seite. Dort wurde sie hineigeführt.

Das war schon etwas Anderes. Hier teilten sich einige Reihen herkömlicher Flugzeugsitze und ein großer Besprechungstisch den spärlichen Raum.

„Der Flug wird 9 Std. und 53 Minuten dauern." Um 700 Uhr werden wir landen. Bitte machen Sie es sich in der Zeit hier bequem. Ihr Kollege? Wird auch gleich kommen. Sie überhörte absichtlich das Fragezeichen und nickte nur. Was sollte sie auch sagen? „Nein, nein, ich bin heute nur sein Fickstück. „Sehen Sie, ich trage noch den Lederriemen am Hals, an dem er mich an die Leine legen kann." Sie entschied, dass die Wahrheit zu viel für den jungen Rekruten wäre und lächelte nur bestätigend.


Leander

Eben noch kurz vor dem Orgasmus stehend, fiel es ihm schwer, die gewohnte Professionalität an den Tag zu legen.

Ihm wurde erklärt, dass die ISS ein Leck habe und Sauerstoff verliere. Einer der Astronauten wurde von einem kleinen Stück Weltraumschrott bei einer

Außenmission getroffen. Bei ca. 30 000 kmh muss es ein Microteilchen gewesen sein, eher von der Größe eines Sandkorns, das seinen Unterarm durchschlagen hatte und kaum etwas von seinem Knochen an Ort und Stelle ließ.

Also musste ein Notstart anberaumt werden. Die Notbesatzung wurde leider noch nicht in die neue Bedienung eingeführt. Also sollte er ihnen einen Crashkurs geben, damit sie ihre Kollegen möglichst schnell erreichen konnten.

Einerseits bereute er, dass er das Schloss so voreilig verlassen musste, andererseits gefiel es ihm aber auch, wie wichtig er Lisa erscheinen musste.

„Tja, das ist halt das normale Leben eines Industriedesigners." „Gleich ruft bestimmt wieder der Präsident an", scherzte er.

„Hola, Leander, que tu haces, cabron?" „Hallo", hörte er die vertraute Stimme seines Kollegen Carlos rufen. „Hola Senora, desculpa!" Wandte er sich an Lisa mit einer angedeuteten Verbeugung.

„That's crazy." They pulled me out of my bed in the middle of the night. Man, I just hope we can help.

Es dauerte keine weiteren fünf Minuten und die Maschine rollte auf die Startbahn. Der Schub der vier Motoren an diesem fast leeren Transporter war etwas anderes als die Düsen eines normalen Airbus. Direkter irgendwie. Gnadenlos zogen sie das Flugzeug steil in Höhe. Ihre Ohren verstopften sofort und sie mussten mehrmals während des Aufstiegs schlucken.

Nachdem er Lisa die Lage erklärt hatte, schlug er vor, die Zeit zum Schlafen zu nutzen. Er deckte sie mit einer dünnen Flugzeugdecke zu und ging dann zu den anderen an den Besprechungstisch.

Bevor auch er etwas Ruhe haben konnte, mussten sie erst jeden Schritt, der nach der Landung zu tun sei, aufs Genannte absprechen.

Lisa hatte inzwischen die gesamte Sitzreihe beschlagnahmt, um liegen zu können, also legte er sich in die Reihe dahinter.
Beim Einschlafen bemerkte er noch, wie unruhig Lisa schlief. Sie drehte sich ständig um, zuckte mit den Beinen und Armen und schien was sagen zu wollen. Aber es kamen nur leise Stöhner herraus.


Lisa

Nach einer Weile wurde Lisa wach und fühlte sich außerordentlich frisch und irgendwie immer noch erregt. Sie verließ den Container und schlenderte ein wenig im Frachtraum herum.

Hey, was machen Sie hier? „Wie wurde sie scharf von einem alten General in einer amerikanischen Zweitweltkriegsuniform und einer Zigarette im Mundwinkel erschreckt." Kommen Sie mal sofort her, spionieren hier etwa rum?
Sie wurde zur Sicherheit, ohne weitere Diskussion,

mit Handschellen in der Mitte des Laderaums an ein
herunterhängendes Sicherungsnetzt gebunden.
Während sie die absurdeten Anschuldigungen des
Generals über sich ergehen lassen musste, wurden
ihre Hände hoch über ihren Kopf gezogen, sodass sie
fast auf Zehenspitzen stehen musste.
Wer hat sie geschickt? Wie lautet Ihr Auftrag? Weiß
Dein Begleiter, was für ein Früchtchen Du bist? "
Ihr entgang nicht die Respektlosigkeit des
plötzlichen „Dus".

„Mal sehen, was für ein Luder wir hier haben!", rief
der General seinen Soldaten zu und riss in einem Zug
ihr das dünne Abendkleid vom Leibe, so dass sie
peinlicher Weise nur noch in dem sie penetrierenden
Ledergeschirr vor ihnen hing.
Seine starke Hand ergriff das Leder, an dem die tief
in ihr steckenden Dildos befestigt waren.
„Was!-Ist!-Denn! „Das?!", fragte er, während er sie
mit jedem Wort heftig mit beiden Geräten
gleichzeitig in Po und Vagina stieß. Er zog sie
langsam aus ihr heraus, so dass beide nur noch mit
der Spitze ihre Scham berührten, gerade so, dass sich
ihre Pforten schließen wollten. Nur um sie dann
wieder schnell hintereinander tief in sie zu
versenken. Sie schrie, halb aus Angst, halb aus
Erregung: „Nein bitte, ich bin keine Spionin, glauben
Sie mir!"
Aber das half nicht wirklich. Langsam sammelten
sich die jungen Rekruten viel zu nahe um sie herum.
Jeder, der wollte, durfte sie mal mit ihrem
Ledergeschirr ficken. „Oh, nein, Oh, tiefer, fester!"

171

hörte sie sich plötzlich schreien. Sie wollte es tatsächlich tiefer und war unglaublich geil geworden, aber sie wollte die wilde Meute ja nicht noch ermutigen. Aber es schien zu spät. 60 gierige Hände befreiten sie von ihrem versauten „Zaumzeug", fesselten ihre Fußgelenke hoch an ihre Hände, den Kopf zwischen ihren Beinen gesteckt, hatte sie einen Blick auf ihre frei hängenden Ficklöcher offen für jeden dargeboten.

Sie war völlig ausgeliefert. Ihre feuchten und geschwollenen Schamlippen zwischen Ihren Schenkeln lagen für alle offen. Nach und nach drangen neugierige Finger in sie ein und rieben sie tief im Innern. Zwei Finger tobten auf ihrer Klitoris, zwei Finger rieben die Decke ihrer Vagina. Hände an ihren nackten Brüsten ergriffen sie fest und kniffen in ihre erregten Brustwarzen. Eine feuchte Zunge schob sich schon bald in ihren genauso leicht zugänglichen Po.

„Nein! Ja! Nein!" Tiefer! Nein, bitte lasst mich gehen! Mehr! „Härter!", ärgerte sie sich, aus ihrem Mund zu hören.

„Hört sofort auf!" Hörte sie den General befehlen.

„Ich gebe ihnen noch eine letzte Chance, meine Dame." Er beschrieb unverschämterweise mit den Fingern Gänsefüsschen bei „Dame". „Gestehen Sie endlich, dass Sie sich nur wegen westlicher Weltraumtechnologie an Ihr Objekt angehurt haben."

Wir haben ganze Akten über ihre oralen Überzeugungskünste gesammelt. „Mir machen Sie nichts vor!", zischte er sie an.

Sie war trotz oder gerade wegen dieser ausgelieferten Situation extrem „Schwanzgeil", ein Begriff, der ihr bisher noch nie in den Kopf kam und sie etwas befremdete, so etwas in sich zu finden. Aber so war es, sie wollte all diese jungen straffen Schwänze unbedingt in sich spüren. Egal wo und wie viele.

„Gehen Sie zur Hölle!" Ich werde nie gestehen! „Dazu steht zu viel auf dem Spiel!", lachte sie ihm ins Gesicht.

„In Zweierreihe aufstellen!" hörte sie ihn, außer sich vor Wut, kreischen.

Es bildeten sich zwei Reihen, eine vor ihren gespreizten Labien und eine in ihrem Rücken.

Sie spuckte auf ihre ohnehin schon nasse Fotze und reizte die wichsenden Soldaten, sie doch endlich zu nehmen. „Fickt mich so fest, ihr wollt!" Überall! Füllt mich aus! Benutzt mich! Ich werde nichts verraten! „Schwächlinge!"

Als der erste harte Prügel in sie fuhr, musste sie laut aufstöhnen. Ja so! „Bitte noch einen!", entfuhr es ihr. In dem Moment zwang sich ein weiterer Soldat zwischen ihre Schamlippen, ohne zu warten, bis der andere sie verließ. Nun rieben sich gleich zwei harte Schwänze in ihr und sie spürte, wie ihre Lippen von dem doppelten Durchmesser gespreizt wurden. Als wäre sie ein Spielzeug, wechselten sich die Kerle an beiden ihrer Öffnungen ab. Sie spürte ihr dünnes Häutchen, dass die reibenden und stoßenden Eroberer voneinander trennte.

Sie konnte gar nichts anderes machen, als sich einfach ficken zu lassen. Sie kam so oft, dass sie sich um ihren Verstand sorgte. Oh, da ist es wieder, alles kribbelte und ein weiterer Orgasmus durchzog ihren prickelnden Körper.

Sie wurde irgendwann heruntergelassen und bäuchlings auf einen Haufen Abdeckplanen geworfen. Kurz dachte sie, sie könne sich nun entspannen. „Wer noch nicht gekommen ist oder nochmal will: Anstellen zum Kanonenladen!" Hörte sie den General wieder bellen. Da machte sich schon ein gewaltiger Schwanz daran, sie zwischen ihren mit rauen Händen auseinandergezogenen Pobacken von hinten zu nehmen. Ihre nasse, aufgeblätterte Höhle nahm ihn dankbar auf und sie spannte ihre Beckenmuskeln an, um ihn zu melken, so gut es geht. Sie wollte, dass sie sie alle nach der Reihe nahmen, und sie wollte allen auch einen Orgasmus bescheren.

So ging es eine Weile. Ein neuer Schwanz, verschieden in Länge, Umfang und Stoßfrequenz, löste den vorherigen ab, sobald sein Träger zuckend auf ihrem Rücken zusammensank. Der Wechsel der Männer in ihr erregte sie besonders. Sie wollte für alle da sein, von allen begehrt und genommen werden. Sie sollten sich alle an ihr um den Verstand ficken.

Sie sorgte sich eher, ob sie wund werden würde,
doch die Ergüsse ihrer Vorgänger ließen alle
weiteren Schwänze angenehm in sie gleiten.

Irgendwann schienen sie alle mit ihr durch zu sein
und zogen sich wieder an.

Eine Spionin also? Echt jetzt, Lisa?! „Was für eine
Sau!" Hörte sie Leanders Stimme hinter sich rufen.
„Na komm, dann fick ich dich halt auch noch!" Hätte
ich echt nicht von dir gedacht. Obwohl, wenn man es
weiß ist es fast zu transparent. "

Sie spürte, wie seine Lenden sich an ihre Pobacken
pressten, und spürte seine extrem erregte Eichel an
ihrem so oft genutzten, geölten Eingang drücken.
Dann stieß er zu, indem er ihre Schultern fest hielt.
Einmal, zweimal, ganz kurz hintereinander. Ganz so,
als würde ein tonnenschweres Flugzeug auf den
Asphalt einer Landebahn auftreffen.
Sie hörte ein „Bing" und wie durch einen Nebel
bestätigte ein Pilot ihre erfolgreiche Landung und
das gute Wetter vor Ort.
Leanders warme Hand an ihrer Schulter rüttelte sie
sanft wach. „Wir sind gelandet, Du hast den ganzen
Flug verschlafen." Das hast Du wohl nötig gehabt.

„Ja, das hatte ich wohl wirklich nötig." sagte sie
verträumt lächelnd.

## Leander

Kaum angehalten wurde auch schon die große Heckklappe heruntergelassen. Die feucht-stickige Hitze, die ihnen entgegenschlug, nahm ihnen für einen Moment den Atem. Lisa zog sofort ihren Pullover aus und band ihn um ihre Hüfte. Sie wurden von einem Weißkittel begrüßt und in das klimatisierte „Jupiter"-Kontrollzentrum geführt.

Die Notbesatzung saß schon in einem improvisierten Klassenraum, mit der aktuellen Iteration der Kontrolleinheit vorne auf eine Leinwand projiziert.

„Sie haben sich erst seit gestern mit der Anordnung vertraut machen können." Normalerweise üben wir, bis jeder Handgriff blind ausgeführt werden kann. Leider haben wir heute nicht die Zeit dafür. Bitte, wenn sie einfach alle Fragen, die sie noch haben, klären würden, dann könnten die endlich hoch.

In unter einer Stunde erklärte Leander jeden Knopf und jeden Hebel. Eine einfachere und krisensichere Bedienung war ja schließlich der Grund, wofür er angeheuert wurde.

Die Astronauten bedankten sich bei ihm und lobten den logischen Aufbau der Panele. „We get it NOW!" Mit den Worten: „Hier haben Sie die beste Aussicht auf den Start", wurden Sie in den eigentlichen Kontrollraum geführt.

Der Scherz des Leiters beim Eintritt: „You are not

spies, right?", schien Lisa irgendwie zu irritieren, wenn er ihr leicht gezwungenes Lachen richtig deutete.

Alle Vorbereitungen wurden getroffen. Die Rakete wurde betankt, den Astronauten wurde in ihre Anzüge geholfen, das Wetter gecheckt und alle Luftraumbehörden der Welt wurden informiert. Es gab nun kein Zurück mehr.

Lender und Lisa sahen durch die große Glasfront zu, wie die baldigen Retter das Fahrzeug bestiegen, das sie zur Startrampe brachte. Sie sahen zu, wie sie losfuhren, den Route de'l Espace der Rakete entgegen. Sie sahen auch, wie ein panisches Gürteltier von einem Leoparden über die Fahrbahn gejagt wurde, das Fahrzeug bei dem Versuch ihnen auszuweichen ins Schleudern kam und von der Fahrbahn im dichten Grün des Dschungels verschwand. Sie sahen einen kurzen Feuerschein, dann hörten sie eine Explosion und mussten zusehen, wie sich eine dichte Rauchwolke durch das Blätterdach kämpfte und sich auf den Weg nach Westen vor die imposante, hoch aufragende Ariane schob.

„Fuck! Fuck, fuck, fuck!" hörte er den Leiter neben ihm alle Führungsideale in den Wind blasen.

Ein Chaos, wie es in Kontrollräumen eigentlich nicht vorkommen sollte, entsponn sich über die nächsten Minuten.

Lisa und Leander mussten sofort den Raum verlassen. In einem ruhigen Nebenraum erklärte man ihnen, dass die Astronauten auf der ISS wohl sterben mussten, wenn dieser Start nicht klappen sollte. Kurz darauf stürmte der Leiter hinein.

„Leander, are you fit? You know the controls and the entire procedure, right? See, the next possible candidate is 9 hours away and the Start-Window is closing within the next hour. Its all fucked up now!"

„But it takes two people to work the controls." Entgegnete Leander sofort und schielte zu Lisa.

Der Leiter schaute Lisa von unten bis oben an: „Well, you are fit, that's obvious."

„To put it straight to you: You two are the only hope for those guys up there." „Either you bring them Oxygen and get the poor fellow back home or they will all die in the next 24 hours."

Als sie beide wieder alleine waren, sagte Leander: „Du musst nicht mitkommen, wenn es dir zu gefährlich ist." „Im Notfall kann ich das Ding auch alleine steuern."

„Ja nee, lieber nicht." Da hast du Recht, Schwerelosigkeit kann ich auch andermal haben und die Welt von oben habe ich auch schon im Fernsehen gesehen. Bist Du völlig irre? „Natürlich komme ich mit!", rief sie aus und hüpfte wie ein kleines Mädchen das ein Pony reiten darf.

Dann ging alles ganz schnell. Auf dem Weg zur Startrampe, an den Rettungsaktionen der anscheinend teils schwer verletzten Crew vorbei, mussten sie zahlreiche ungelesene Papiere unterzeichnen. Sie wurden in die Funktionen ihrer Anzüge unterichtet. Für Lisa war er sehr groß, und schon waren sie am Fuße dieser gigantischen Maschine angelangt.

Im Fahrstuhl nach oben vergewisserte der Leiter ihnen noch:
„No worrys, we'll talk you through and we can see you on the Monitors."

Leander stellte sicher, dass Lisa gut im Sitz befestigt wurde und alle Anschlüsse verbunden waren. Nachdem man auch Leander in seine Kuhle zwischen den Steuerungseinheiten und Materialpäckchen montiert hatte. Der mittlere Sitz blieb für den verletzten Astronauten frei und wurde als Laderaum genutzt. Nun wurden die Helme verschlossen. Der Leiter reckte sich in die Kapsel hinein, ergriff beide bei den Unterarmen und schaute ihnen mit gerührtem Gesicht tief in die Augen.

„Good Luck, you two are real Heros, I want you to know that." In the name of all... well all mankind basicly, because if we let them die up there, human space exploration will be dead for a long time. „Gods speed!", sagte er schließlich und schloss die Luke der Kapsel.

## Lisa

Sie hatte einen satten, vertrauenserweckenden Klang
erwartet, als die Luke in ihren Rahmen fiel.
Zumindest so wie bei einem Maybach oder Rolls
Royce. Aber es war eher ein blechener Scheppern im
ersten Moment, sie fühlte sich so sicher wie in ihrem
ersten Auto, einem klapprigen Fiat 500 aus den
70ern. Sie vermutete aber, dass dieses Ding im
Rücken etwas mehr als 17 PS leisten kann.

Als aber die massiven Sicherungsriegel in Position
fuhren und die Luke immer tiefer in den Rahmen
gezogen wurde und gleichzeitig der Kabinendruck
aufgebaut wurde, war ihr klar: Das überstieg ihre
bisherige Vorstellung vom Begriff „Geschlossen" bei
weitem.

Was sie in Leanders Augen sah, hatte sie auch
beruhigt. Ein Kind vor Heiligabend, ein Teenager vor
dem ersten Kuss, ein Vater, der sein Kind zum ersten
Mal in Händen halten darf – kurz, Vorfreude. Reine,
von Sorgen ungetrübte, leidenschaftliche Vorfreude
auf die nächsten Minuten in seinem Leben, egal ob es
seine letzten sein sollten.

Auch sie war gespannt, hatte aber, weil sie sich nie
für Raketen interessierte, gar keine Idee, was als
Nächstes passieren würde.

Das schien Leander an ihrem Blick zu erkennen und
erklärte ihr kurz: „Wir versuchen einfach nur, eine
bestimmte Geschwindigkeit zu erreichen, um nicht
zurück zur Erde zu fallen. In die Höhe fliegen wir

nur, um aus der bremsenden Atmosphäre zu kommen." Wir brauchen 27.000 km/h, dahin tobt uns das Baby in 8 Minuten und 45 Sekunden. Und für die Schwerelosigkeit: An deinem rechten Bein findest du eine Kotztüte.

Sie wurde in den Sitz gepresst etwa wie bei einem Flugzeug, nur viel stärker und länger, 8 Minuten und 45 Sekunden lang halt. Sie konnte ihre Arme schwer heben, brauchte es aber auch nicht. So verschränkte sie sie über ihrer Brust. Eine Weile konnte sie schwer atmen. Sie versuchte, mit ihrer restlichen Brustmuskulatur ihre Lunge beim Heben ihres Brustkorbes zu unterstützen. Dem Zwergfell alleine war es zu viel.
Nach circa 3 Minuten gab es einen Ruck. In dem Moment wurde es taghell in der Kabine, weil sie die Schutzhülle abgeworfen und damit die Luken freigelegt hatten. Sie mussten nun die Atmosphäre hinter sich gelassen haben. Als die zweite Stufe zündete, wurde sie noch energischer in den Sitz gedrückt und von allem, was sie kannte und liebte, verschleppt. Nach einer weiteren gefühlten Ewigkeit und einem weiteren starken Ruck schaltete auch die letzte Stufe ab.

Es war wie früher auf dem großen Schaukel, wenn sie ganz oben kurz den Zug auf den Ketten verlor und für einen Moment einfach stehen blieb und alles im Bauch und Unterleib kitzelte. Nur dass es kein Moment war, es blieb so. Ihr Körper mochte das überhaupt nicht. Nicht nur kitzelte es jedesmal im Bauch, wenn sie sich bewegte. Diese plötzliche und radikale Entlarvung von bisher für sie objektiven Begriffen wie Oben oder Unten in rein subjektive Empfindungen ließ ihren Körper panisch reagieren und ihr wurde kurz sehr übel. Da sie ja den Helm noch aufhatte, half ihr Leanders Hinweis über die Kotztüte recht wenig.

Sie nahm sich zusammen und sprach zu ihrem Körper wie zu einem unruhigen Pferd: „Nein, wir haben keine Lebensmittelvergiftung." Auch wenn die Sinne gerade keinen Sinn ergeben, das ist schon alles ok so. Das darf bitte alles drinnen bleiben. Ganz ruhig!"

„Ho, Brauner!", setzte sie halblaut hinzu.

„Allerdings!" Hörte sie Leander antworten, der sich zwar wacker hielt, aber anscheinend mehr Probleme als sie hatte.

Sie wurden von der Bodenstation gesteuert, nach einiger Zeit an die ISS gekoppelt. Nach einer recht unangenehmen Druckangleichung wurde die bisher so verlässlich, als „das neue Geschlossen" gefeierte Luke plötzlich von außen geöffnet.

Lisa bemerkte, dass die Astronauten der Station sichtlich aufatmeten, als sie sie sahen. Allerdings lag das eher an der sauerstoffreicheren Luft, die sie in ihrer Kabine mitbrachten. Noch bevor jemand von ihnen sie überhaupt begrüßte, wurden die vier zylindrischen Sauerstofftanks, die im freien Sitz lagerten, ausgeladen und an das System angeschlossen. Erst dann wurden sie mit Freude und herzlichen und dankbaren Gesichtern willkommen geheißen.

„Also, nicht wirklich die beste Zeit hier, Flitterwochen zu machen", zwinkerte ihnen der deutsche ISS-Bewohner zu. „Wir haben ganz schön was abgekriegt." Wir haben uns das so vorgestellt: Wir müssen euch aus den Füßen haben um alle Reparaturen und Vorbereitungen für den Abtransport zu erledigen. „Damit ihr uns nicht stört, bleibt ihr die ganze Zeit bis zum Abkoppeln bitte in der Cupola."

„Rollt euch aber erstmal zu einem Ball zusammen und schließt die Augen, sonst kotzt ihr, was wir jetzt echt nicht gebrauchen könnten." Sie wurden von den Einheimischen, genau wie die Päckchen vorher, durch die Station geworfen, da jetzt keiner Zeit für ihre Aklimationsbedürfnisse hatte.

Ihr Ohr signalisierte ihr irgendwann, dass sie momentan zumindest nicht mehr beschleunigt oder abgebremst wurde. „Okay, ihr könnt die Augen wieder öffnen." Ihr seid da. „Ihr könnt auch die Anzüge ausziehen, das dauert wohl etwas, ihr habt doch heute nichts mehr vor, oder?"

„Ich glaube, wir haben heute schon noch was vor", flüsterte Leander ihr ins Ohr, nachdem sie sich die sperrigen Anzüge ausgezogen und von der Aussicht durch die sieben großen Fenstern auf ihre unendlich schöne Welt „unter" ihnen erholt hatten.

Er gab ihr grinsend ein beidseitig beschriebenes, mehrfach gefaltetes Blatt Papier mit einer Liste, deren letzter Punkt lautete:

**14. Schwerelos im All ✱✱✱✱✱✱**

So einfach war es noch nie, ihren Körper auf seinen zu ziehen. Sie prallte fast schmerzhaft auf seinen Brustkorb und begann ihn leidenschaftlich zu küssen, während sie sich mit all ihren Gliedern um ihn wickelte. Durch die dünne Astronautenunterwäsche rieb sie, während ihre Zungen tanzten, mit ihrem Schambein seinen immer größer werdenden Schwanz. „Danke, dass du daran gedacht hast..." flüsterte sie ihm ins Ohr.

Sie hatte sich das immer schon mal vorgestellt, wenn sie masturbierte. Was man wohl alles machen könnte, wenn mal die Gravitation der Erde aus dem Spiel wäre? Sie fragte sich, ob, wenn sie sich nur nahe genug zueinander aufstellen würden oder lange genug warten, die Gravitation ihrer eigenen Körper sie aufeinander ziehen würde. Ob das ausreichen würde, um ihn in sich dringen zu lassen? So, wie ein langsamer Komet auf dem Weg zu ihrem Innersten?

Konfrontiert mit der bis heute rein utopischen Möglichkeit bereute sie jetzt, dass sie immer zu faul dazu war, sich konkret vorzustellen, wo sich welcher Körperteil befinden müsste, damit man in der Schwerelosigkeit kopulieren könnte. Ihr ging es rein um das freie Ineinandergleiten. Das Wie war in Echt bei weitem nicht so offensichtlich, wie sie angenommen hat.

Alle klassischen Sex-Stellungen, wenn man es genau nimmt, profitieren zumindest von einer soliden Basis, an der die Stoßkräfte abgeleitet werden können, und sei es die Gravitation der Erde als Körpergewicht. Sie hatten zwar kein Gewicht, hatten aber die gleiche Masse wie unten.

Aber so, wie sie gerade umschlungen waren, erschien ihr genauso valide als erster Versuch wie jede andere Strategie.
Also schlang sie ihre Unterschenkel weiter um seine Hüfte und zog sich so in Position.
Beiden vergewisserten sich nochmal, dass immer noch die gesamte Mannschaft auf der anderen Seite der Station beschäftigt war.

Glücklicherweise ist in der Raumfahrt immer alles praktisch. Bis hin zur Unterwäsche. Ihre Hosen wiesen großzügige „Wartungsöffnungen", wohl für sanitäre Zwecke, auf. Sie langte mit einer Hand zwischen ihre aneinander gepressten Körper und knöpfte ihre und seine Hose auf. Leanders Hände waren vollkommen damit beschäftigt, ihren Körperknäul in Position zu halten, um nicht noch mehr Schaden an der Station anzurichten.

Also griff sie in seine Hose und verbrannte sich fast an der harten Rute, die sie so sehnlich erwartete.
„Ui, das ist kalt." Hörte sie Leander auflachen.

Sie umgriff ihn fest und merkte, wie er sofort gierig tiefer in ihre Handfläche drang. Nun kippte sie ihr Becken Leanders entgegen und ließ ihn in sich gleiten, genauer: Sie zog sich auf ihn.

Wer „auf" wem lag, war nur abhängig von der momentanen Beschleunigungsrichtung ihres Körpers, vor allem wenn sie die Augen schloss. Wenn sie von ihm in Richtung „über" ihrem Kopf gestoßen wurde, war sie „auf" ihm, und sobald er sie mit seinen Hüften wieder zurück auf seine Stange, also in die generelle Richtung der Füße, zog, hing sie Kopfüber an seinem harten Schwanz wie ein verfangener Ballon, der sich immer weiter auf den Ast treiben möchte, der ihn davor bewahrt, verloren ins All zu treiben. Das war auf Dauer gar nicht gut für die Beziehung zwischen ihrem vestibularischen Organ und ihrem Gehirn.
Sie entließ ihn aus ihren Armen und ergriff selbst die nächstgelegenen Haltegriffe. Das stabilisierte zum Glück sofort. Erst jetzt, wo auch sie ein eigenes Fundament hatte, konnten sie ihre Körper so fest aufeinander stoßen, wie sie es mochte, und ihre Arme es hergaben.

Leander

Bis zum Anschlag in Lisa versenkt, rieben sie ihre Lenden in Arten aneinander, für die es auf der Erde mindestens ein solides acrobatisches Talent bedürfte. Zeitweise, wenn sie sich gerade sonst gar nicht berührten, fühlte er von Lisa nur ihre kräftige, enge Scheidenmuskulatur heiß auf seinem harten Glied auf und ab gleiten.

„Als ich dich eben von der Crew umhergeworfen gesehen habe, kam mir eine Idee." „Mach doch nochmal die Knie an die Brust und umfassen die Schienbeine mit den Armen", schlug er Lisa vor, die sich begeistert für sein Experiment zur Verfügung stellte. So eingerollt steckte er immer noch tief in ihr. Das heißt, sie war eher auf ihn aufgepflanzt. „Schließe mal so lange die Augen, wie ich es sage!", wies er Lisa an. Er begann dieses zarte Faberge-Ei, um seinen Schwanz als Rotationsachse langsam in Drehung zu versetzen. „Oh, dein Schwanz fängt an, sich in mir zu drehen." Sowas habe ich noch nie gespürt, nicht 360 Grad. „Mh, das mag ich aber sehr!", hörte er Lisa schwärmen.

Der um seinen Schwanz kreisende, feste Griff von Lisas Weltraumfotze war ein unglaubliches Gefühl. Auch er hatte so etwas noch nie gefühlt. Nicht mal 180 Grad. Ihm gefiel, nicht ganz ohne Selbstironie, wie sie so ausschließlich um ihn und seinen Schwanz rotierte. „Mh. Jetzt stößt du mit jedem Stoß in eine andere Richtung. „Hör jetzt bitte nicht auf!", hörte er die sich vor ihm drehende Lisa schwärmen.

So verbrachten sie die Zeit bis zur Rückkehr ungestört an diesem wahrhaft heiligen Ort. Abwechselnd mit sich und der neuen Physik spielend und diese überirdische Aussicht in sich aufsaugen, darüber lachen, weinen, philosophieren...

Wenn sie heute nach diesen Erlebnissen gefragt werden, beschreiben sie immer diese innere Schwerelosigkeit, die sie sich von dort mitnehmen konnten, als das größte Geschenk dieser wilden Zeit.

Ende

Bist du gespannt welche Abenteuer die beiden noch erlebt haben?

Dann empfehle das Buch deinen FreundInnen und gib ihm jetzt eine gute Bewertung, wo auch immer du es erstanden hast. Für mich war dieses Buch ein Ventil und willkommener Anlass mich meinen eigenen Fantasien zu stellen.

Meine Recherche zum Thema relativierte auch meine eigene Vorstellung davon wie „unnormal" meine Gelüste vermeintlich seien. Mir hat der Prozess geholfen, mich anzunehmen und die Scham als Instrument patriarchaler Struktursicherung zu verstehen und manchmal sogar für einen Abend abzulegen.

Ich würde mich freuen, wenn eure persönlichen Empfehlungen zu einem breiteren Interesse an den beiden führt.

Alles Liebe,
Jara